# Millionären och andra historier

Fritiof Nilsson Piraten

KABUSA

Millionären och andra historier

Texten är en återgivning av originalutgåvan från 1965.
Grafisk form: Josefina Ott Kann och Martin Kann
Omslagsillustration: Lennart Aschenbrenner
Tryck: Nørhaven Paperback A/S, Danmark, 2008
ISBN 978 91 7355 034 5

Utgivningen sker i samarbete med Fritiof Nilsson Piraten Sällskapet
och med stöd från Sparbanken Syds Stiftelse, Sparbanksstiftelsen
Färs & Frosta samt Sparbanken Finn Framtidsstiftelse.

Kabusa Böcker Banehagsgatan 1i 414 51 Göteborg
www.kabusabocker.se

I.

## Från Badarnas klubb

Detta hände innan Jakob Bokhandlare upplevt sin korta, svindlande lycka och sin olyckas långa år. Det var alltså innan han anfäktats av förvillande passioner och medan han ännu i upphöjd ro och klarhet såsom styrande mästare ledde klubbens öden och ägnade dess angelägenheter allt sitt intresse och det väsentliga av sin tid.

Badsäsongen var längesen förbi, badängen låg vissnad och gul och ån var höstkyld. Och att badarna kom samman denna fredagskväll i november var helt och hållet en listig provokation av den muntre och dricksamme korpral Krakow. En fulltalig sammankomst den tiden på året var ju något högst irreguljärt. Samma dags morgon hade Krakow låtit Springskräddaren veta att gästgivarn fått hem tiodubbelt renat på finkelfat och skräddaren bestämde sig genast för att gå till gästis på kvällen och tappa sin ankare full. Brännvin som lagrades på finkelfat fick genom lagringen en lätt geneversmak som gjorde det särskilt eftersträvat. Sedan talade Krakow såsom i förbigående om för biertapparen att skräddare Stickselius skulle komma till torgs och att han (Krakow) gärna ville ge en omgång öl på gästgivargården. Den tystlåtne biertapparen samtyckte då att komma fast han just inte hade smak för konkurrentölet. Därefter – det var redan i kvällningen – fick Krakow tillfälle att antasta snickare Grelin på torget när denne kom från garvare Tottum med en flaska läderfernissa. Sist erhöll mästaren själv en kallelse till gästgivargården och han dröjde inte att infinna sig så snart han stängt boklådan. Var skulle väl herden vara om inte där hjorden är? Och som den gode bokhandlaren inte ville försumma ett så gott tillfälle till gemensam kulturell uppbyggelse tog han med sig årgång 1876 av Svenska Familj-Journalen.

På kvällen satt då badarna bänkade i den lilla kammaren innanför skänkrummet på gästgivargården. Hänglampan kastade ett gult sken över den omålade bordskivan där tusende flaskor och glas under årens lopp vävt ett trassligt ringmönster. Den runda, emaljerade skärmen lade bjälktaket i mörker och det var skumt i innersta vrån där Stickselius satt på sin nyfyllda brännvinskutting. Men skräddarens evigt leende ansikte var ju nästan självlysande. Bokhandlaren presiderade värdigt i en länstol vid bordändan närmast dörren och vid hans högra sida stödde Grelin sitt skäggiga huvud i händerna. Biertapparen strök under tystnad sina valrossmustascher och Krakow var mot vanan högtidlig och ansträngt avmätt i sina maner. Han satt där på sin stol med armarna i kors över bröstet, skrevade brett och gungade benen på tåspetsarna. Han hade väckt ett oerhört uppseende genom att infinna sig i bonjour och stärktyg. Vad stod på? Bonjour en fredagskväll! Man hade undrat och frågat och insinuerat det ena och det andra men Krakow låtsade om ingenting och ställde sig blankt oförstående inför nyfikenheten. Kunde inte en gentleman få vara en gentleman när dagens id var förbi? Likväl märktes det på mångt och mycket att något särskilt var på färde, han var sig rakt inte lik den kvällen. Där kom Sigrid in med en famnfull ölflaskor. Hon var en flicka som var som skapt för den galante korpralen. Bröstet var fast och fullmoget, höfterna vackert rundade och de svällande, sinnliga läpparna borde kunna hålla vad de spelande ögonen lovade. Men då hon log utmanande mot Krakow fick hon till svar en kall noli-me-tangere-blick från hans bruna ögon. När hon serverat ölet försökte hon andra konster på den okänslige, vaggande med rona och blixtrande med ett öga över axeln mot honom. Det rörde honom inte ett grand. Då blev hon rasande och stängde dörren ganska hårt efter sig. Snickare Grelin sände Krakow en oroligt spörjande blick över glasögonen. Hur var det fatt med korpralen?

Bokhandlaren lyfte sin ölhalva som välkomma och badarna drack en första, djup klunk av det svala, goda ölet. Och så slog bokhandlaren upp sin stora bok på sidan 201 och började läsa. För aftonens uppläsning hade han valt sjunde avsnittet, Linieskeppet, av G. C. Witts Skildringar ur sjöväsendets historia, en serie som intog ett tämligen betydande rum på badarnas bildningsprogram. Med klar, lugn stämma läste han inledningen som började med några korta notiser ur kompassens och krutets historia för att sedan övergå till linjeskeppens konstruktion och bestyckning. – "Genom begäret att alltjemt öka antalet och storleken av kanonerna på krigsskepp, som skulle byggas, uppkom omsider ett af menniskosnillets mest storartade konstverk: linieskeppet.

Linieskeppen, dessa kanonspäckade trävallar, som för icke så länge sedan utgjorde det kraftigaste värn för ett vid hafvet beläget rike, våga numera icke uppträda i verldsteaterns blodiga skådespel. De äro, liksom skönheten på öfverblifna kartan, komna ur dansen; men minnet dröjer gerna vid en försvunnen storhet, och vi kunna ju med några ord teckna oss till minnes hvad linieskeppet var."

Innan bokhandlaren övergick till att enligt bokens

ord "särskildt betrakta de svenska linieskepp, som hafva historisk märkvärdighet" gjorde han en ölpaus varunder badarna tömde första halvan i botten. Så återtog han läsningen med en beskrivning av Stora Kravelen som Gustaf I lät bygga efter att ha karaktäriserat den dåvarande örlogsflottan som "en hop skärjebåtar och annat prackerij, ther hwarken hjelp eller tröst medfölgde". På Stora Kravelen måste man dricka några djupa klunkar och därpå fortsatte bokhandlaren med andra den svenska flottans prydnader genom tiderna. Efter hand som uppläsningen skred fram blev hans föredrag mera dramatiskt. Han höjde rösten för att understryka viktiga poänger, han ledsagade orden med illustrerande åtbörder. En tröstlös gest mot golvet det var Elefanten som gick till botten i Kalmarsund! Ett dånande slag i bordet: där sprang Makalös i luften med den fientlige amiralen plundrande ombord. (Skål! Den smällen tömde badarna andra halvan för.) Ett vidlyftigt svep med handen och Stora Kronan kantrade och sjönk under en oförsvarlig undanvindsvändning för fulla segel! Med föraktfulla fnysningar kommenterade han linjeskeppet Äpplets snöpliga undergång i Dalarö hamn under vinskänken Evert Haas' befäl.

Grelin lutade sig tungt mot bordet. Hans ögon häftade vid mästarens läppar och han insög girigt varje ord från hans mun. Skräddaren satt med stelnat leende i sitt skumma hörn och biertapparen lyssnade med halvslutna ögon. Men Krakows tankar var långt borta. Han satt tillbakalutad och stirrade upp i taket medan fingrarna otåligt lekte med bonjourens uppslag. Hans uppmärksamhet fångades inte ens av 50-kanonskeppet Ölands konvojresa i Nordsjön år 1704 under befäl av den tappre Gustaf Psilander. Bokhandlaren gav honom mera än en bestraffande blick men han märkte det inte. – "I Nordsjön mötte Psilander en engelsk eskader, bestående av 8 skepp och en fregatt. Från det främsta skeppet lossades ett skott, hvars kula gick tätt under Ölands bogspröt, och kort derefter ännu ett, som träffade i tacklingen. Psilander lät sätta ut en båt och skickade deri löjtnant Utfall till det anfallande skeppet, för att fråga af hvad skäl man sköt mot hans fartyg. Den öfvermodige engelske kaptenen svarade: "svenska örlogsmän skola palma in vimpeln och stryka toppsegel för Stora Britanniens flagg". Då Psilander ej kunde bifalla ett så oförsynt påstående, började det engelska skeppet beskjuta honom, men fick till svar tvenne lag dubbelt skarpt" – – Dubbelt skarpt! tog bokhandlaren om och slog knutna handen i bordet så att flaskorna hoppade. Men korpralens tankar var fjärran från kulor och krut, han förblev frånvarande. Litet missnöjd fortsatte bokhandlaren: "som gjorde att engelsmannen måste sacka undan. Samma öde drabbade 3 andra skepp, som anföllo Öland från ömse sidor. Emellertid hade Öland, efter fyra timmars strid, blifvit alldeles redlöst. Eskaderchefen, som icke deltagit i striden, emedan han trodde, att ett ensamt skepp lätt skulle besegras af så många, seglade nu fram och lade sig akter om Öland, för att beskjuta det långskepps, under det två andra skepp sköto från hvardera sidan.

Psilander kunde icke fortsätta striden, men strök icke flagg, utan halade blott ned den till hälften, ett tecken att han var nödställd och önskade hjelp. Genast upphörde den fiendtliga elden och några slupar kommo till Öland för att lemna undsättning. Engelsmännen ångrade nu sitt öfvermod, som gjort dem sjelfva värsta skadan. På Öland voro 16 döda och 27 sårade, på engelska fartygen ett vida större antal. Psilanders sönderskjutna skepp fördes till London, hvarest drottningen befallde att det genast skulle repareras. Hon bemötte Psilander med utmärkt välvilja, gaf honom dyrbara presenter och erbjöd honom att blifva amiral i engelsk tjenst. Men då Psilander ej ville öfvergifva sitt fädernesland, fick han obehindrat återvända med sitt väl iståndsatta fartyg. Detta kom dock aldrig till Sverige, ty genom ansvarsstyrmannens försumlighet förolyckades det vid Skagern. – – –

– – – Psilander, sedermera adlad med namnet von Psilander, fick då till hjelmprydnad på sin vapensköld en svensk örlogsflagg, omgifven af åtta engelska flaggor. Vid sin död (1738) var han friherre och president i Amiralitetskollegium i Carlskrona."

Bokhandlaren svettades av upphetsning när han var färdig med Psilanders bedrifter och hårvirveln över hans panna hade mörknat och stretade som en våt fjäderkam. Han slog ihop boken utan att läsa slutet av artikeln som handlade om Dristigheten och Enigheten. Utan att resa sig från stolen sträckte han sig mot dörren till skänkrummet, knackade hårt och hojtade på mera bier. Det var ett rop som väckte Krakow ur drömmen bättre än en bredsida från en fregatt. Han fann genast att han var mycket törstig och tömde sin ölhalva i ett drag så snart han fått den på bordet. Men bokhandlaren svalkade sig så måttligt med några klunkar och försjönk sedan i en tystnad som ingen av de andra dristade sig bryta. När han äntligen talade kunde ingen känna igen den patetiska röst som nyss bullrat om krigiska bragder. Hans låga stämma rörde sig i tvekande och halvt försagda tonfall och hans gråblå ögon uttryckte ett djupt vemod.

–Jag var gripen av en yrsel som förvillade mig, sade

han, och nu blygs jag nästan för att kalla mig en tänkande varelse. Orden hetsade upp mig och förmörkade mitt förstånd. Mina öron dövades av trumpeternas smatter och kanonernas dån. Mitt bröst svällde och hjärtat slog hårdare och inom mig steg någonting som visst måste vara det där hjältemodet. Jag kände mig i stånd att spräcka skallen på Krakow med en butelj eller att sparka skenbenen av min gamle vän Grelin där. – Sexton döda och tjugosju sårade och av engelsmän ett ännu större antal – – – – – –. Och allt för flaggans skull. För en usel tygbits skull! Säg mig skillnaden mellan ogärningar och hjältedater! Är det straffvärt att döda *en* medmänniska i tysthet men prisvärt att döda tusen under hurrarop? Ack flagga! I ditt namn begås all gemenhet och i ditt hägn kallas illdåd för hjältedåd. Om alla flaggor var vävda av jungfrulin skulle de alla bli röda och visa sig som de blodbesudlade trasor de rätteligen är. För i min enfald inbillar jag mig att jungfrulinet liksom jungfrukinden har förmågan att rodna av skam. När man betraktar en flaggkarta är det beklämmande att finna att dussintalet bär korsets tecken. Ett kors på en örlogsflagga! Man kunde lika gärna sätta lammets huvud på den onde eller sticka fredspalmen i djävulens klor. Men mest beklämmande är ändå att tänka på att den enda flagga som föraktas av alla är den som bär oskuldens färg och ingen annan. Den vita flaggan.

Här tystnade bokhandlaren. Grelin hade böjt sitt huvud och knäppt händerna om ölbuteljen. Men på Krakows kinder hade rodnaden stigit upp och nu slog han sin flaska hårt i bordet.

– De e tur för dej att du inte talar som du gör om fanan när den föres blottad inför tropp, utropade han. För då! Djävlar i min själ, bokhandlare!

– Vad då? frågade denne med ovanlig skärpa.

Krakow letade efter något fruktansvärt men dock ej alltför olämpligt att hota sin vän bokhandlaren med. Han började tveksamt:

– Då tänker ja allt att –

– Som knekt tänker du med mustascherna! avbröt bokhandlaren bryskt.

Det knakade till i korpralens stärkta skjortbröst och han vred morskt upp sin mustasch medan ögonen rullade vilt och olycksbådande. Men den andre ångrade redan sin häftighet och räckte handen till försoning.

– Förlåt mig, Krakow! bad han. Jag brusade opp som en dåre och är glad att ta tillbaka mina ohövliga ord. Men där ser du hur nära det var att vi hade kommit i luven på varandra! Och allt för flaggans skull!

Krakow var strax blidkad och nu ville han prompt bjuda på toddy över lag. Toddy var en sällsynt extravagans i klubben men så var ju tillfället också enastående: aldrig hade man varit så nära ett gräl i badarnas krets. Emellertid menade bokhandlaren att om någon skulle bjuda på toddy så var det han.

– Nej, avgjorde Krakow bestämt, toddyn e min! Tro inte de e för vi bytte ord ett tag, för de har ja alleredan glömt. Men ja har liksom en högtidsdag idag!

Och därmed kommenderade han toddyvirke på bordet och i rappet kom Sigrid med konjaksflaska och glas och en ångande vattenkanna med balanslock av nickel. Så brygg-de de sina toddar med omsorg och sakkunskap. De lenade dem med socker, skärpte dem med konjak, spädde dem med vatten. De höjde glasen mot ljuset för att kontrollera färgen och då blev det kanske att spetsa med mera konjak eller späda med en aning vatten till. På det sättet höll de på länge. Men omsider ångade fem samstämda, bruna toddar på bordet och då klingade Krakow med skeden mot sitt glas, steg upp och slog ihop klackarna. Ur bonjourens skörtficka fiskade han ett tidningsklipp, en svartkantad dödannons ur Aftonbladet var det. Han höll fram urklippet under lampan och läste med fast röst: "Att Herren Gud i sitt outrannsakliga råd behagat att till sig hädankalla Generallöjtnanten i Generalitetets reserv, K.St.K.S.O., Välborne Johan Georg Joachim Gyllenhors i en ålder av nittioett år, elva månader och sexton dagar". Han tystnade och såg sig om i kretsen för att studera effekten av kungörelsen. Biertapparen syntes högst förbluffad över meddelandet om den utan tvivel framstående generalspersonens hädanfärd men efter vanan gav han intet hörbart uttryck åt sin sinnesrörelse. Snickare Grelin var djupt gripen, hans läppar formade ett tyst amen. Den lende skräddaren sade:

– Me hänseende till herr generalens ålder tycker ja inte rådet va så outrannsakeligt!

Grelin skakade ogillande på huvudet åt detta inpass men bokhandlaren log i sin blonda mustasch. Krakow yttrade högtidligt:

– Gubevare generalen! säger ja. Men hans nådiga frånfälle ger mej rätt o riktighet att visa mitt vedermäle inför alla.

Med en stor åtbörd slog han upp bonjouren och avtäckte en medalj på sitt bröst, en guldmedalj i blått och gult band. Han kunde inte ha gjort större sensation om han avslöjat sig som arkimandrit av Alexandria. Biertapparen var den ende som bibehöll ett yttre lugn, han blev tyst sittande på sin stol och gapade av förvåning. Men de tre andra sprang upp i sin iver att få se närmare på medaljen och Stickselius var nog närgången att kroka av säkerhetsnålen som den var fästad på västen med. Krakow myste och lät skräddaren hållas. Medaljen gick ur hand i hand, lyftes mot lampan, vändes och synades. Av guld var den, det kändes på tyngden, och på ena sidan hade den kungens bild och på andra bar den inskriften "För berömliga gärningar". De hade alltså en hjälte i sin krets och deras uppriktiga glädje tog sig genast uttryck i en lyckönskan som med några varma ord framfördes av bokhandlaren medan den söta ångan av toddy steg som virak kring hjältens änne. Och så hurrade de fyra badarna fyra gånger för den femte som sedan måste dricka med var och en av dem särskilt och blev röd som en kräfta av så mycket het toddy.

Dittills hade ingen tänkt på vilken av Krakows många gärningar som ansetts nog berömlig att belönas med guldmedalj men när den första överraskningen lagt sig ville man veta närmare besked. Krakow slog ifrån sig med passande blygsamhet, snurrade sitt tomma glas i handen och sade att det hela ju rakt inte var värt att tala om och att det för övrigt hänt för så orimligt många år sedan. Men undanflykter hjälpte inte och nästan genast pressade man ur honom att den premierade bedriften sammanföll med hans och baronens* kommendering en gång i tiden vid hästgardet i Stockholm. Och sedan bokhandlaren lagat en ny toddy åt honom måste han vackert sätta sig ned och berätta.

---

* För Krakow existerade endast en baron och det var hans salig skvadronchef, Hans Holger Trapp-Gafveln, 5:te baron till Gafvelsrum. En ädling som efter ett vilt och tygellöst liv fick ett brådstörtat och våldsamt slut.

Hästgardet hade legat ute på manöver med upplänningarna och baronens skvadron bivackerade ovanför Häcklaby kvarn.

– Där skulle ni ha sett på en å! En flod va de, ifall ja ska ge den dess rätta namn! Den va så bred så de hade båtar för o ta sej över den.

Knappt hade man gått i bivack så började det emellertid störtregna och regnet höll i tre dygn i sträck och omöjliggjorde alla rörelser. Surt blev det i fältkvarteret men Krakow var ju baronens kalfaktor, hade fri tillgång till dennes proviantkista och höll kylan från livet med brännvin och andra brända drycker. Han hade tre muntra och varma dagar fastän regnet öste ned. Strömmen svällde och blev strid som en fors och dammen ovanför kvarnen förvandlades till en sjö. Tredje kvällen bjöd Krakow två gardister på förtäring och de roade sig på knektars vis och drack tappert i kapp. Mitt i natten gick larmsignalen! Dammbyggnaden hade sprängts, vattenmassorna var i fri rörelse och rev med sig löst och fast. Alle man kom på benen och rusade till hästarna, dem tänkte man ju i första hand på. Plötsligt rasade en hög brinke och drog med sig tre karlar i djupet. Krakow hoppade utan betänkande efter dem, rycktes med ett hundratal meter av den virvlande strömmen men lyckades slutligen dra två av karlarna i land. Den tredje drunknade och hittades dagen efter en halvmil nedanför kvarnen.

Gyllenhors var generalmajor den tiden och kommendant i Stockholm. Tre veckor efter livräddningen kallades Krakow till slottet, baronen följde honom själv dit. Och på kommendantexpeditionen fäste generalen med egen hand medaljen på Krakows bröst.

Här reste Krakow sig, gjorde ställningssteg så att glasen

på bordet klirrade och citerade generalens ord: Konungens nådiga vilja är att du bär denna medalj dig själv och ditt regemente till heder. Må aldrig den stund komma då ditt bröst skall anses utmärkelsen ovärdigt!

– Sen tog generalen mej i handen, fortsatte Krakow (med ledigare hållning), o gratulera mej o prata me mej precis som en vederlike. Så rätt va de va så slog han mej på axeln o sa: Du kan ju inte simma. Hur våga du hoppa i egentligen? – Då svara ja som sanningen va: Gubevare generalen! Ja va så full så ja visste inte va jag gjorde. – Men då skulle ni ha sett Gyllenhorsen. Aldrig har ja för min del skådat den skenbarlige fan i synen mer än den gången. Ögonen stod som två kol i huvudet på honom o mustascherna reste sej som borsten på en pingso. – Kardjävel! skrek han o högg mej i armen så jag tyckte de krasa i benpipan. Medaljen kan ja inte ta ifrån dej! Men om du bär den så länge ja lever så ska ja flå dej levandes o spika skinnet på stalldörren. Har du förstått? – Gubevare generalen! sa ja bara. – Men de va likasom ett löfte i alla fall o de har ja hållet som en krigsman passar o anstår.

Badarna dröjde kvar en stund vid toddyn. Det fanns många detaljer att fråga om och Krakow gav villigt besked så långt han kunde. Men det väsentliga hade han redan talat om.

När bokhandlaren hävt sammankomsten och badarna åtskildes blev han och Krakow stående tillsamman på torget utanför gästgivargården. Kvällen var klar och fullmånen sken.

Krakow slog upp bonjouren, stack vänstra tummen i byxhängslet och betraktade sin medalj som glimmade i månljuset.

– De e i alla fall en förbannat civil medalj! anmärkte han.

Efter någon tystnad yttrade bokhandlaren:

– Du visste inte vad du gjorde, sade han. Krakow! Jag tror att du kunde bära tapperhetsmedaljen och likväl va en anständig karl.

Korpralen gick högt visslande hemåt. Men bokhandlaren stod orörlig kvar och såg på månen som satt som i en svart sax mellan kvarnvingarna över mjölnarens gård.

## Prosten och Friherrinnan

Nu skall baron Gerarp och hans friherrinna skiljas och jag åker med prosten när han far till Skellinge för att medla i kraft av sitt ämbete. Det bär öster ut från Södra Harpie, först genom böljande säd och gröna vallar och sedan uppför Stickelsta lid där jorden är lättare och rågen tunn. Väl uppe över liden ser man hur åkrarna går över i ängar och betesmarker och hur där bortom skogarna tar vid där Skellinge slott ligger vid Killebäcksgölen som emellertid kallas sjö. Från sol och värme kör vi om en stund in i bokskogens svalka där ljuset silas genom täta lövmassor, det skimrar dunkelgrönt som i ett akvarium där inne och hjulen rullar mjukt i lövmyllan. Prosten tar av sig hatten och håller den i knät, han sitter tyst i sina tankar. Till vänster glesnar redan skogen, det ljusnar över vägen och strax öppnar sig en nyslagen äng mot allén av gamla ekar som för till slottet. Här stiger jag av, prosten säger att han nog inte kommer att dröja så länge. – Det är ju närmast en formsak! – Det sista viskar han för att inte fördrängen på kuskbocken skall höra. Så kör viktorian upp i allén medan jag makligt fortsätter landsvägen fram. På höger hand får jag fasaneriet och djurgården för hjort och rå där inte ett liv syns för hägnaden av slanor som är nära halvannan famn hög. Men till vänster om vägen blänker vatten mot mig mellan träden och om några minuter är jag framme vid sjön. I brynet av mäktiga vassar blommar vita näckrosor och gul åkanna och Killebäcken skär en gata genom natar och säv ut till öppna vattnet där en ensam fiskvase förgås i speglande, flammande sol. Slottet på andra sidan sjön är en stor tvåvånings byggnad av röd sandsten vars platta tak krönes av en flock svarta rökhuvar. Från bryggan vid stranden löper snörräta häckar av avenbok över gräsmattor och blommande terrasser upp till portikens vita arkader.

Skellinge är från början av 1700-talet säte för baronerna Gerarp och är kanske den präktigast bebyggda men visst inte den rikaste av fideikommissets egendomar. Det överträffas i storlek och taxerat värde av både Rostofta, Blåvik och Ravenhus med underlydande och likväl omfattar det femhundra tunnland i åker och niohundra i skogar och beten, det är mer än en tredjedel av Södra Harpie socken. Skellinge och Blåvik, Rostofta och Ravenhus är så att säga hörnpelarna i fideikommisset som dessutom räknar strögods i många socknar, alltifrån skogsgårdar vid smålandsgränsen till sockerbetsjordar på söderslätt. Härtill kommer ett givande stenbrott, strömfall med kvarnar och kraftverk samt ett antal skattlagda fisken vid kusten. Nuvarande herre till all denna härlighet är baron Johan Krister Mordekai Kristersson Gerarp. Han är trettiofem år gammal men omyndig såsom fadern var omyndig före honom och farfadern än längre tillbaka. Liksom omyndigheten går i arv i ätten Gerarp så ärves värvet som förmyndare från far till son inom huset Sperber i Malmö. Bankirerna Sperber är lika fruktade som ansedda i finansvärlden, deras svenske stamfar var förvaltare på Ravenhus och rövarinstinkten ligger dem i blodet. Nuvarande förmyndare är Fritz Sperber som vid sin sida har en adlig häradshövding. Denne vakar över formalia och är myndlingens rådgivare i de mera intima spörsmål som ett friherrligt leverne för med sig.

Nu skall ingen tro att mörka intriger eller släkstinkten ligger dem i blodet. Nuvarande förmyndare, det är hans oförstånd och lättsinne som gjort det. Han är i sanning oförmögen att vettigt råda över sitt gods. Pengar kan inte stanna hos honom, de dräller omkring, det är som om han hade hål på alla fickor. Aldrig räknar han vad som flyter in och än mindre det han ger ut och helst vill han inte röra vid reda pengar. Krediten är en utväg! En viss kredit kan inte nekas fideikommissarien till Skellinge, han prutar inte och leverantörerna vet att de får sitt fast det dröjer ibland. Skicka räkning till förmyndarna! De är rädda för skandal och om de än skriker så betalar de till sist. Numera för baronen inte stort hus men det rikliga apanaget räcker inte till för som herren är sådana blir ock drängarna. Slöseriet frodas öppet eller i lönndom.

En låtgånatur är med nödvändighet egoistisk och likväl saknar baron Krister inte hjärta för de sämre lottade, prosten påstår rentav att han är i stånd till personliga uppoffringar för en behövande nästa. Som tjugoåring hade baronen eget hushåll i Lund där han var för att avsluta sin uppfostran, det gällde ingen examen (han är inte student), utan en avslipning i största allmänhet. Hans hushållerska hette Blenda och hade tjänat familjen Gerarp i trettio år. På nyåret fick den unge baronen en porslins- och glasräkning på flera tusen kronor, det var så mycket att till och med han tyckte det var dyrt. Han kallade på Blenda för att få en förklaring och Blenda kom, rufsig, rödögd och starkt doftande av konjak. Men han var van vid hennes åsyn och doften kände han inte för han luktade starkt själv, de söp lika duktigt. Till förklaring hickade nu Blenda, snöt sig och bekände under strömmande tårar att hon inte hade diskat på ett helt år utan kastat ut disken genom fönstret och köpt nytt. Han for inte ut i förebråelser men skyndade att trösta och lugna henne, han tålde inte se en kvinna gråta. När han stillat tårarna ansåg han sig dock böra förmana Blenda med några skonsamma och vänliga ord.

– Kära, lilla Blenda! sade han därför. Det är precis som jag hade gjort det själv, strängt taget. Men hädanefter får vi inte göra så! Det ser så illa *ut*, om folk får reda på det. Och tänk hur många fattiga som kunde ha ätit sig mätta på de tallrikarna! – Då han sade detta om de fattiga och tallrikarna räknade han inte med de bortkastade pengarna utan med det bortkastade *porslinet*; eller med andra ord: han tänkte inte i kronor och ören utan i kvadratfot porslin. Sådan är baron Krister. Prosten brukar uttrycka det så: han är aldrig mycket abstrakt i sitt tänkande.

Blenda bor sedan många år i pensionärsflygeln på Blåvik där hon är avskydd för sitt trumpna och vresiga lynne. Hon är fortfarande rödögd och rufsig men doftar sällan av starkvaror, det händer bara när baron Krister kommer på besök. Han bjuder på fin cognac, de skålar och talar om gamla, goda tider. När baronen far sin väg följer Blenda honom ut på trappan. Hon niger och fnittrar, hon är högröd i synen, ett saligt leende flyter i de mosiga dragen. Baronen hör hennes lallande välsignelser ända tills bildörren slår igen, han vinkar åt henne och hon knixar och vinkar tillbaka. Ja, Gud välsigne baronen: han har alltid flaskan med sig! Man vet att han inte dristar sig tio steg från sin tröskel utan att den fyllda pluntan tynger fickan. Pluntan är berömd för sin storlek och skönhet. Den rymmer en helbutelj, är av gammalt silver och prydes av det Gerarpska vapnet, ett oxhuvud med ett hjärteress i pannan och en friherrlig krona mellan hornen.

Låt det bli sagt med detsamma: baronen är alkoholist. Han bär på ett tungt arv, hans far och farfar dyrkade också vin och brända drycker till övermått. Men de hade andra intressen dessutom, den ene drack och levde med kvinnor, den andre spelade och drack. Baron Krister bara dricker, han dricker från det han vaknar till dess ögonen blir tunga, han lever i ett rus som icke vet av bakrus. Hans mål är nirvana och drickandet ger honom ingen glädje. Skellinges vinkällare var en gång högt ansedd men är det inte längre, baron Krister dricker vin till maten av vana och uppfostran men bryr sig annars inte om viner. Han föredrar cognac och whisky och gör sina groggar allt starkare, hans gom etsas av alkohol och hans smak trubbas av, han är i stånd att dricka brännvin på bit. Och han håller sig inte uppe längre, han påstås ha sjunkit så djupt att han super brännvin med kusken. Prosten har konfirmerat Krister och han håller av honom såsom han håller av alla olyckliga. Men när han hör talet om att baronen sjunkit så djupt etc., då blir han upprörd och utbrister: Baronen kan det inte förnedra men för kusken är det illa nog.

Friherrinnan Susan, född Vendel Julebeck, blev fru på Skellinge för fem år sedan och är nu trettio år gammal. Alla tycker synd om henne, alla förstår henne, alla håller med *henne* när hon nu vill skiljas. Men hur vet man att det är hon som vill skilsmässa? Det vet man inte, man tar det för givet. Har hon beklagat sig, gett förtroenden, spelat på tårar? Ingalunda. Men bedd eller obedd står det var och en fritt att tycka synd, förstå, hålla med. En skilsmässa på Skellinge angår hela Södra Harpie socken och andra socknar dessutom. Man beklagar friherrinnan Susan och man anklagar hennes öde för ogunst och hårdhet. Man anklagar inte baronen. Han super inte mer nu än den gången de gifte sig, kanske kan han inte supa mycket mer. Än sen? Hon visste vad han gick för, tog honom med öppna ögon och sina sinnen i behåll. Och en snäll och hygglig karl fick hon, han gör ingen människa för när och är värst mot sig själv. Detta vare nog sagt om honom. Han kan inte klandras och hon ännu mindre, ett sällsamt fall. Men en sak har man svårt att förlåta de friherrliga makarna, det är deras sämja. De borde följa seden och byka sin tvätt på torget. Det borde vara tårar och onda ord, dramatiska scener som tjänarna kunde vittna om. Eller till andras uppbyggelse åtminstone något av det skönt patetiska, förkrosselse, upphöjt ädelmod, tragisk resignation. Men ingenting sådant förekommer. De är vänliga mot varandra som de alltid varit, hon ler mot honom och han kysser beundrande hennes hand. Och ännu i uppbrottets timma säger hon med spjuvern i ögat: Krister är världens bästa människa, bara han inte vore så ryslig! – Deras beteende är onaturligt och högst påfrestande för en sund iakttagare.

Herrskapet har inga barn och arvinge till fideikommisset är därför en kusin till baronen, Otto Fredrik Gerarp, boende i Stockholm. Denne kusin lyfter ett apanage från Skellinge men som han är sysslolös räcker det inte till hans uppehälle. Han snyltar på vänner och lånar sig fram hos ockrare hellre än han prutar på sina vanor. När han hör om skilsmässan kan han inte dölja sin glädje, för nu är det tydligt att baron Krister kommer att dö barnlös. Kusin Otto slår sina vänner på axeln och skryter att när *han* får Skellinge, då ska det levas lusen om han så skall sälja matjorden. Men till ockrarna säger han med mörkt, skrymtande tonfall: Stackars Krister! Han blir nog inte gammal.

En slända svävar över säven, skräddarna syr i vattenbrynet. Luften dallrar av värme och på andra sidan sjön sover slottet, solen gassar på den röda fasaden. En gul solmarkis lyftes långsamt över ett fönster i bottenvåningen, den manövreras av osynliga händer inifrån och ingen människa visar sig. Den lyftes tills den är helt uppdragen och så fälles den igen lika sakta som den gled upp. Det utlöser en gäspning i mig, jag ser på klockan och gissar att jag väntat en timme på prosten. Jag rör mig ett slag, går vägen tillbaka och sedan genom allén ända upp till slottet. De vapenkrönta gallergrindarna är öppna mot gårdsplanen som ligger i skugga av murar och höga almar. En vit påfågel struttar fram med stjärten släpande i sanden och framför trappan står vår skjuts, tömmarna är virade kring ena lyktholken och hästen äter med huvudet djupt nerborrat i tornistern. Kusken är inte där, fågeln och hästen är de enda levande varelser som syns. Där jag står utanför grindarna hör jag hur hästen gomlar sin havre, så djup är tystnaden. Jag tänker att det inte är lönt att vänta längre och så ger jag mig hemåt, innerst inne tror jag att prosten skall köra fatt mig på vägen. Men jag kommer hem till fots fast det är en fjärdingsväg dit och jag inte gör mig någon brådska. (Utan att tänka på det säger jag hem och hemma om prostgården och detta vittnar bäst om prostens faderliga vänskap för mig och all godhet jag njuter i hans hus.)

Prosten återvänder som förtrollad från det sovande slottet, han är sig inte lik. Hans enkla, naturliga värdighet är borta och han är på en gång uppspelt och sällsamt förströdd. Han *hoppar* ur viktorian och i tamburen kastar han hatten i en vid båge upp på hyllan. Alla dörrar i huset står öppna denna sommardag och jag följer hans kommande där jag sitter med en bok i biblioteket. Men han ser inte mig när han nu går genom rummet, han går förbi mig småvisslande och hans steg är lätta som en dansmästares. Han visslar verkligen! Detta är så oerhört att jag tappar boken som faller i golvet med en smäll. Prosten hör det inte för han är redan upptagen av sig själv framför spegeln i kabinettet, han vänder ryggen till mig men jag ser ansiktet i spegeln. Hans hand far med välbehag över de rödlätta kinderna, han lyfter hakan och rättar till kragsnibbarna. Han flyttar fram vänster fot, sätter handen i sidan, kråmar sig. Blicken i de klara, grå ögonen stannar i belåten självskådan.

– Sitter du där! säger han utan förlägenhet när han slutligen vänder sig från spegeln.

Jag frågar efter baronen och han säger att hon var mer strålande än någonsin. Ah, friherrinnan Susan är charmant! Jag måste upprepa frågan.

– Jaså baronen! svarar han då. Han var inte visibel! Eller rättare: han var inte *vislig*. Det är ett folkligt uttryck som säger allt i hans fall: icke vislig. Stackars Krister!

Till middagen sätter prosten en röd nejlika i knapphålet och hämtar själv en flaska Graacher Himmelreich i källaren. Fröken Viktoria har sin plats mittemot honom vid bordet, och det är hon som förestår huset. Hans uppsluppna stämning oroar henne och hon ser med ogillande den granna blomman på prästrocken. Men hon ljusnar när han lägger rikligt för sig och äter med god aptit och hon väntar med rätta några berömmande ord om den rostade kalvbrässen med oliver i madeirasås.

Dock väntar hon förgäves. Prostens tal vid bordet är ofta ett hänfört gastronomiskt kåseri med utgång från dagens anrättning. Idag talar han inte om mat och yttrar ingenting om fröken Viktorias kokkonst. Hon mörknar åter och surnar alltmer. Syran snörper stygn efter stygn i hennes blodfattiga läppar och grämelse fårar de magra kinderna. Prosten äter utan att akta på vad han äter, det är som om han fyllde sig med ärtskidor och inte med utsökt spis. Men vinet har han ord och tankar för. Han lyfter sitt glas mot ljuset och gläds åt moselns gyllene lyster, han insuper den goda vindoften och säger:

– Det är som en fläkt av vårens friskhet mitt i sommaren, det är ånga av jord och doft av spirande blom.

Han dricker och säger ytterligare:

– Det smeker läpparna som en kyss. Aah!

Fröken Viktoria täpper till öronen för så fåfängt tal men en skarp rodnad färgar likväl hennes tinningar.

Det är vanligt att tacka Gud för maten med några tanklöst rabblade ord eller med bugningar och signerier under en tystnad som alltid verkar generad och ofta döljer allt annat än tacksamhet. Så är inte seden här. Prosten är andäktigt tyst när han knäpper sina händer till beredelse för bordet men sin tacksägelse efter slutad måltid frambär han ljudligt och med frimodigt lyftad blick. Han brukar ingen böneformel utan tackar med enkla, vältaliga ord som inspirerats av stunden. Och det är uppbyggligt att då höra denne gourmet. Ty, likgiltigt vilka gåvor som bjuds, om ärter och plättar eller sparris och morkullor, så är hans tacksamhet lika varm och hans glädje ödmjukt stor. Men när vi i dag rest oss från bordet förblir prosten tyst, vi står där tysta alla tre bakom våra stolar. Några långa sekunder går. Då tycker jag mig plötsligt höra toner, de är spröda som ekot av kristall och svaga som viskningen från en flöjt. Det är knappt jag tror mina öron. Jag ser på fröken Viktoria och hon ser på mig och så tittar vi bägge på prosten. Han står med slutna ögon och händerna knäppta över stolryggen och hans ansikte har ett lyckligt drömmande uttryck. Läpparna vibrerar och tonerna blir till ett melodiskt surrande, han gnolar en aria ur Tiggarstudenten. Fröken Viktoria blundar mot styggelsen och hennes mun börjar röra sig tyst, brådskande. Så gör hon en djup reverens för sin stol och lämnar skandaliserad matsalen.

Efter frukosten dagen därpå dricker prosten och jag kaffe i biblioteket. Då tutar en bil i inkörsporten, det ekar som ett hallå i den kringbyggda gården. En grå sportbil rundar vårdträdet med krängande kaross och bromsar in, vid ratten sitter friherrinnan Susan barhuvad. Vinden har rufsat det blonda håret, hon slätar till det med handen när hon stiger ur. Prosten har flugit upp och in i kabinettet. Han hinner med en blick på sig i spegeln och så kommer friherrinnan in från tamburen, fröken Viktoria stänger dörren efter henne. Prosten hälsar välkommen och kysser på hand med älskvärt galanteri, en lätt rodnad breder sig över hans panna. Friherrinnan kastar kokett på huvudet och ler, tänderna är friskt vita och läpparna klarröda mot den solbrända hyn. De blå ögonen glittrar okynnigt mot honom, ett ögonblick inbillar jag mig att han undviker hennes blick. Så skakar hon hand med mig och säger: Är kandidaten kvar här än! Så roligt! Ni måste trivas! Åh, jag förstår att man kan trivas här. – Jag ger henne rätt i det men hon hör inte på mig utan fortsätter själv med en ström av ord, hon är jäktad och nervös och andas kort som om hon just sprungit uppför en trappa.

Detta är hennes avskedsvisit, säger hon. Med kvällståget reser hon till Malmö och därifrån bär det vidare till kontinenten. På morgonen har hon tagit farväl av Skellinge, det vill säga att hon har varit i hundgården och klappat hundarna och i stallet och gett favorithästarna socker.

– Så enkelt var det, skrattar hon forcerat. Det gör inte alls ont att lämna Skellinge. Åh, jag längtar härifrån! Bara bort, långt bort! Men förlåt mig, prosten, att jag pratar så här! Vi har ju annat att tala om – min skilsmässa, menar jag.

– Låt oss stiga in här! svarar prosten med en åtbörd mot kabinettet och ger samtidigt mig en blick som är onödig, jag bugade mig redan för friherrinnan för att dra mig tillbaka. Men hon håller mig kvar.

– Nej, stanna! ber hon mig. Om ni inte har något emot det. Man gifter sig ju i vittnens närvaro, varför skall man inte skiljas på samma sätt? Ifall lagen tillåter det, jag vet inte –

Hon följer prosten in i kabinettet. Han säger att naturligtvis finns ingenting som hindrar men han låter inte fullt nöjd och jag väljer att stanna i biblioteket, där står en fåtölj nära dörren till kabinettet. Där inne tar friherrinnan plats vid fönstret som skuggas av vildvinet utanför, det är bara ett par alnar från min fåtölj. När vinden rör vinrankorna fladdrar solljuset kring hennes nacke. Hon kastar vårdslöst vänstra benet över det högra, skjuter upp knät, knäpper händerna över smalbenet. Hennes vader är slanka, formfulländade och den korta, skotska kjolen stramar över ett vackert rundat lår. Prosten kan jag inte se men hennes blickar säger mig att han sitter i soffan bakom bordet med den svarta marmorskivan.

– Egentligen är jag ute för att skrika för hela världen, börjar hon och gör ett tappert försök till leende. Och när jag nu nöjer mig med er två så får ni väl medge att jag är modest. Det är inte så att jag vill bikta mig, då skulle jag väl vända mig till prosten i enrum. För resten har jag ingenting att bikta, så illa är det ställt med mig. Jag måste bara få tala ut om mina bekymmer, få dela dem med andra. Det är inte fint, ack jag vet det nog! Det är inte fint att vidröra ens förhållande till maken inför andra, det är ouppfostrat. Och jag har fått en god uppfostran. Men jag hatar den, jag vill inte vara väluppfostrad längre. Man ska dölja sina verkliga känslor, man ska le när man vill skrika och man måste skämta med gråten i halsen. Det är korrekt! Men är det inte emot naturen? I fem år har jag tigit, i fem år har jag varit korrekt. Så gick det inte längre, jag kände att jag måste skrika. Och nu – nu har det redan lättat! Det behövdes bara att jag fick *tillfälle* att tala ut, det räckte, jag har ju strängt taget ingenting att säga. Jag talar om mina bekymmer och så har jag inga.

Hon sjunker ihop begrundande och tappar sitt grepp om benet som slappt glider ner över knät, ett ögonblick lutar hon huvudet i händerna. Så kommer det sakta:

– Tänk! I fem långa år har jag inte ens haft bekymmer, inte ens det har förunnats mig. Fem år kan jag stryka ut ur mitt liv, de är förspillda. Åh, dessa års tristess!

– Jag kan fatta er leda på Skellinge, hörs prostens röst. Den har varit så stor så ni har gått i kyrkan för nöjets skull. Och det är då höjden!

Med ett rätar hon på sig och ger svar på tal med en glimt i ögat.

– Det låter inte vidare artigt men på sitt sätt är det sant. Det var alltid en glädje för mig att gå i kyrkan och ni kan lätt räkna de söndagar ni inte har sett mig i högmässan. Jag gick dit för er skull, prosten!

– Ni smickrar, friherrinna!

– För era predikningars skull, menar jag naturligtvis.

– Redan lite mindre smickrande! raljerar han och leende höjer hon ett finger mot honom:

– Herr abbé!

Men hennes stämning skiftar som vårvinden. På en gång är hon nu allvarsam igen, de blå ögonen mörknar. Hon säger:

– Om Krister bara inte vore så förtvivlat väluppfostrad! Mest utstuderat korrekt är han för resten när han är stupfull. Då handlar han rent automatiskt, det är som ett spöke gick omkring i salarna. Man blir mörkrädd mittpå dagen. Det värsta är förstås att han innerst är så god och att han håller av mig – för det gör han!

– Ja, och otrogen har han då aldrig varit, infaller prosten utan malice.

– Otrogen! brusar det ur henne. Han super så han kan inte va trogen ens!

I detsamma medveten om det brutala i sitt utbrott tillägger hon mjukt:

– Förlåt mig!

Och hon rodnar.

– Tout comprendre, c'est tout pardonner! mumlar han.

Hennes blick vädjar också till mig och konsternerad svarar jag med en lätt bugning. Till min förtret känner jag att jag rodnar själv.

– Nu har jag talat slut, återtar friherrinnan. Jag har till och med hunnit att förprata mig. Tack för ert tålamod, mina herrar! Och så var det medlingen! Jag vet inte riktigt hur sådant går till men det ska väl inte va som i går, det gillas väl inte – jag menar det hanns ju inte med –

Här ingriper prosten, han är märkbart irriterad.

– Det är inte *föreskrivet* att medling ska ske i vittnes närvaro, den kan mycket väl –

Hon avbryter honom och hejdar mig när jag gör en ansats att gå min väg:

– Sitt lugnt kvar, kandidaten! Tyvärr har jag inga hemligheter.

– Om ni nödvändigt vill, muttrar han. Klarar strupen och fortsätter:

– Jag är inte van medlare för här i Södra Harpie brukar äkta makar fira skilsmässa på kyrkogården. Men det står ju i lagen vad som åligger en medlare. Detta är paragrafens ord: jag ska göra mig underrättad om anledningen till tvisten –

Friherrinnan avbryter:

– Krister och jag har aldrig kivat – tyvärr!

– Om anledningen till tvisten eller söndringen –

– Så absurt! faller hon in. Det kan väl inte söndras som aldrig har varit helt.

– Och försöka förlika makarna, det är min skyldighet som medlare. För övrigt får jag väl använda mitt förstånd och den smula takt jag råder över. Här finns ingen tvist och alltså ingenting att medla i och ingenting att förlika. Kan jag be er stanna hos baron Krister? Det förbjuder mitt samvete. Saken tycks va klar. Men kanske borde jag ställa någon lämplig fråga till er – vad vet jag? Till exempel (hans ton blir raljant salvelsefull): Är det någon annan man som har kommit in i ert liv?

Hon skrattar.

– Om jag trodde att prosten talade på allvar eller av nyfikenhet skulle jag ge till livs en rafflande historia om blodröd lidelse och svarta intriger. Men nu kan jag inskränka mig till att svara: Krister har från början gett mig min fulla frihet.

– Ge en kvinna hennes frihet! ropar prosten med avsky. En man kan inte tillfoga henne större skymf.

– I allmänhet inte, medger hon. Men vårt fall är speciellt. Krister var som den blinde som skänker en bok eller den armlöse som ger bort sin handske. Han gav mig något som han inte hade bruk för. – Men vad är klockan? Jag måste strax fara. Bara några ord till.

Hon lämnar sin plats vid fönstret och går fram till prosten, jag ser henne inte längre. Under tiden talar hon och rösten får plötsligt en egen insinuans.

– Jag försatte er i en omöjlig situation i går, jag är så ledsen för det.

– Min bästa friherrinna! söker han hejda henne, men förgäves.

– Var lugn, prosten! Jag har också en smula takt. Som sagt jag är väldigt ledsen. Till på köpet kom ni som en medlare på kyrkans vägnar, ni måste tycka att jag är ryslig. Försök att förlåta mig! När ni kom in i skrivrummet höll jag på att skriva ett brev och jag fortsatte att skriva utan att se upp när jag – frågade efter Krister. Min enda ursäkt är att jag inte visste att det var ni, jag väntade en annan.

Prosten följer henne tigande när hon nu kommer ut i biblioteket, hans kinder har en högre färg än den sommarvärmen ger. Hon tar ett älskvärt avsked, först av mig och sedan av prosten som kavaljereskt böjer sig över hennes hand. Impulsivt slår hon då en arm om halsen på honom och trycker en lång kyss på hans läppar.

– Tack för allt vad ni gjort för Krister! säger hon. Han

står där förvirrad och hon är med några snabba steg redan ute i tamburen, ute på gården.

Jag skyndar efter och stänger bildörren om henne. Självstarten raspar till och bilen skjuter fart, i porten lägger hon in trean och borta är hon.

Prosten står med händerna i byxfickorna vid ett fönster och stirrar ut på gården, hans mage verkar särskilt prominent som den brukar göra när han är trött.

– Hennes kyss var som en frisk blomma! mumlar han frånvarande. Och sen – vad var det hon sade? Tack för Krister – eller – jag uppfattade det inte riktigt. Det gör också detsamma men därmed tog hon doften av blomman!

Så vänder han sig till mig med ett blekt leende:

– Bry dig inte om vad jag pratar! Hör inte på mig!

Han tänder en cigarr och gör det bekvämt för sig i en djup länstol. Där sitter han länge tyst och röker, blåser ut stora, blå moln och ser dem driva genom rummet.

– Jag är en narr, säger han slutligen med en suck. En *gammal* narr, och det är värre. Jag får trösta mig med detta: bättre vara narr och veta det än tro sig vis och inte vara det. Tyckte du inte jag var länge på Skellinge i går?

Jag svarade att det tyckte jag.

– Det är så gott att du får reda på det som hände mig där, så går du inte och drar oriktiga slutsatser av vad du hörde nyss. Jag gör inte orätt mot friherrinnan Susan genom att tala om det, hon själv gör ingen hemlighet av någonting. När jag kom till Skellinge var baronen inte vislig – det har jag visst redan nämnt för dig – och friherrinnan var upptagen. Jag blev bedd att vänta och slog mig ner i biblioteket där jag fick tag i Renan's Études d'histoire religieuse. Du vet hur jag kan glömma tiden när jag får en bok i handen! Och detta var Renan till på köpet. När jag till sist märkte att klockan hade blivit mycket försökte jag få tag i någon av betjäningen men jag kunde inte finna en människa, slottet var som öde. Nå, jag är ju väl hemmastadd på Skellinge så jag gick till friherrinnans våning en trappa opp och knackade på dörren till skrivrummet. Friherrinnan själv bad mig stiga in, jag kände igen rösten. Jag öppnade dörren och blev bländad av ljuset där inne, jag kom från den dämpade dagern och här var inga gardiner fördragna och solen stod på. När jag hade vänjt mig vid ljuset såg jag friherrinnan Susan, hon satt vid skrivbordet. Liksom Kraka var hon varken ensam eller i sällskap med någon människa, varken klädd eller oklädd. Hennes terrier låg i en korg vid bordet och friherrinnan hade bara ett hårnät på sig, hon var med andra ord spritt naken. – Nåja! Jag vill inte reta din inbillning med en beskrivning som ändå inte kunde göra rättvisa åt hennes behag. Utan att se opp – ett faktum som jag erkänner att jag då inte fäste någon vikt vid – viskade hon: Var är Krister? – Jag fick inte fram ett ljud, jag bara stirrade på henne som förhäxad, inte alltför länge hoppas jag i alla fall. Jag vet inte hur jag kom ut ur rummet. Att jag bockade mig är säkert. Men jag tror nästan att jag skickade henne en slängkyss också. Jag måste ha gjort en kostlig figur!

Han ler vid tanken på sig själv och blåser en rökring mot taket.

– Men vad inbillade jag mig? Vad skedde med mig? Jag kan inte riktigt göra reda för det. En sinnesyra förvillade mitt förstånd och förvände min syn. Jag vet bara att jag fylldes av en översvinnlig känsla, mina fötter rörde inte vid jorden och de orimligaste drömmar tycktes mig inte orimliga alls.

Som ung extralärare satt jag en gång i tiden med mina

kolleger till doms över en gymnasist som var anklagad för sexuellt umgänge med en flicka. En äldre adjunkt ropade, uppfylld av moralisk indignation: En sådan osedlighet! De är ju inte femton år gamla. – Och yrkade lagens strängaste straff. Jag lät då såsom mitt särskilda yttrande till kollegiets protokoll anteckna detta: ”Osedligheten börjar inte före de femton utan efter de sextiofem.” Jag anade inte då att mina egna ord i tidens fullbordan skulle visa sig väl ägnade att bringa mig till skam och eftertanke. I ungdomligt övermod och spirituellt snobberi spetsar vi vår tunga till allsköns sentenser som vi själva inte tror på. Och så kan det hända att paradoxen en gång slår sin upphovsman med sanningens fulla kraft. Emellertid är jag tacksam för den lärdom jag har fått av det nu inträffade som jag först kallade en olycka men som i själva verket bara var en rättvis spark åt min fåfänga. Och jag gick ut för att meddela och undervisa andra!

Han skrattar.

Jag hör en bitter underton i skrattet. Men när prosten har rökt ut sin cigarr är all bitterhet redan borta, kvar dröjer bara ett stänk av blitt vemod och hans sinne är åter ljust. Olust har aldrig lång makt med honom.

I kvällningen går prosten i trädgården och samlar röda rosor, han väljer med omsorg och skär bara de mogna, nysprucka knopparna. Han garnerar med grönt och binder buketten och dränker den med vatten så att de sammetslena blommorna tindrar som av frisk dagg. Så skickar han ett bud till stationen med buketten, det är snart tågtid och friherrinnan Susan skall ha den. När han ser mitt ironiska leende klappar han mig godmodigt på axeln och säger:

– Narren gråter visserligen men lite glädes han också åt sina egna krumsprång. Min son! När du blir gammal kommer du att tacka Vår Herre för att han låter människan dö lika svag och ofullkomlig som hon föds.

## Jon Esping emeritus

Det var kö utanför toaletten i boggievagnen som gick akterst i tåget, skild från det övriga tågsättet av en godsfinka. Själv stod jag andre i kön, lutande mig mot resgodshyllan. Mannen närmast dörren till toaletten ryckte då och då i dörrhandtaget.

– De e ju rent orimeligt! sade han med ett ansträngt leende. Vem kan de va?

Till svar fick han bara ett stönande bortifrån kön, ingen visste vem som var på toaletten, ingen hade sett någon gå dit in. Jag beräknade att jag väntat på min tur i runda tjugo minuter.

– E här ingen konduktör? fortsatte mannen.

Det var inte så väl, konduktören åkte längre fram i tåget och vi var isolerade av godsfinkan och skulle så förbli tills tåget stannade. I värsta fall hade vi ännu en kvarts väntan framför oss, båttåget mellan Simrishamn och Malmö var ett verkligt snälltåg som bara stannade vid tre stationer på vägen. Det var alltså i den goda tiden före kriget då båttåget gick, det kallades så därför att det höll förbindelse med ångbåtsrouten Bornholm-Simrishamn. Närmare bestämt var det i augusti 1932.

Vagnens skakningar gjorde inte vår väntan lättare. I kön stod en kvinna med en liten flicka vid handen, den lilla började gråta. Om det är så att tårefloden står i proportion till smärtan måste hon ha lidit svårt för snart bildades en mörk pöl på golvet omkring henne. Emellertid kom det något av befrielse i gråten. Mannen framför mig skakade den låsta dörren, hans ansiktsdrag var hårda av ett öde som obevekligt tränger sig på.

– Han måtte väl aldri ha gjort sej nån förtret därinne! kved han.

Denna mörka förmodan kunde likväl inte öka det ohyggliga i spänningen, var och en hade nog av *sin* olycka och bidade *sin* förlossning. Genom fönstret mot plattformen såg jag gårdar och dungar, gröna betfält och slagna vångar där sädestravarna hastigt slöt leden. Men snart såg jag det inte längre, min blick blev inåtvänd.

När konduktören äntligen öppnade toalettdörren med sin nyckel hördes ett starkt prasslande av papper och en stor, mörk gestalt reste sig därinne. I ena handen höll han en tömd brännvinsflaska, med andra handen tryckte han en hopknycklad tidning mot sitt breda bröst. Ur tidningen drällde röda kräftskal. Konduktören höjde ett rop av överraskning:

– Va tar ni er till, man? Sitter ni *här* o äter kräfs!

– Va ska en göra? svarade kräftätaren kavat men samtidigt med en avväpnande godlynthet. E ju förbjudet o dricka brännevin i kupéen!

Konduktören skrattade. Ingen i kön skrattade, ingen av oss *kunde* skratta. Men jag hade känt igen patron Jon Esping, en gång herre till Gottorps säteri i Tosterup och ärad och fruktad medlem av kreatursbörsen på Hotell Horn i Malmö. Det var tjugo år sedan jag såg honom sist och hotellet hade brunnit vid sekelskiftet redan.

Jag hade Esping mitt emot mig då jag omsider åter satt på min plats, tombuteljen stod invid spottkoppen på golvet. Kupén (och isynnerhet de som stått i kö) betraktade honom med blickar fyllda av ett ogillande som han tycktes helt okänslig för. Han var aldrig van att slå ner ögonen.

Esping måste vara över de åttio nu, tänkte jag. Ändå var han nästan omärkt av åren, rak i ryggen, fast i hullet, buken kassade inte under västen. Kinderna hade veck som jag inte kände igen men veck utan slapphet, skarpa av kraft och obruten vilja. Hans borstiga ögonbryn var karskt uppvridna och håret var tattarblått som förr men med en vit slick längst fram, som om ett engångsbekymmer träffat honom i pannan. De stora mustascherna hade bleknat i spetsen, det var ett ålderstecken, och så var det ögonen som mist den vilda hunger jag mindes så väl. De hade bevarat sin mörka vitala glans, sin kvicka rörlighet och udden i blicken men de stack med en skälmskhet och ett gott behag som vackert stämde av hans uppsyn av lantlig mefisto.

Ekonomiskt hade det gått utför med Esping, jag kände ryktesvis till det. Hans affärsmetoder hade inte följt utvecklingen. Säteriet hade han lämnat och sedan dess inte fått varaktig stad. Han flackade omkring, drog sig nödtorftigt fram, tog dagen som den kom, hölls i skymundan med hästhandel och bytesaffärer i mindre skala.

Men i sin storhetstid på Gottorp var han en jagande man, en rasande man, en kalasande man, en man som höll vackra guvernanter som husfrillor och ett koppel människoätande ulmerdoggar som sällskapshundar. Jag minns honom galopperande på vägarna med sitt följe av blågrå, tjutande hundar. När tjuten hördes och hovslagen dånade låste folk sina dörrar tills jakten dragit förbi. Hans klädsel var oftast en grön jaktdräkt av kraftigt snitt.

Nu var han inte oklanderligt klädd. Den blå kavajen

var fläckig, byxorna hade blanka knän och ena skon var snörad med segelgarn.

Småningom visade Esping någon oro, min uppmärksamhet hade irriterat honom. Han betraktade sina ludna handleder, ryckte i rockslagen, lekte med klockkedjan av mässing, spelade fingerpolska på fönsterkarmen. Plötsligt lutade jag mig mot honom och frågade:

– Känner du inte igen mig?

Han borrade ögonen i mig och strök mustascherna tills de blänkte av färskt kräftsmör. Så brast han med ens i skratt och slog ihop handflatorna med en smäll som riktade allas blickar på oss.

– Koss! Lever du ännu! sade han och gav mig en vänskaplig puff i revbenen.

Det var uppfriskande att höra av en åttioåring, själv var jag inte fyrtio år gammal den gången.

– Ja va ju rent tvungen o gå på huset! skyndade han att urskulda sig.

Och vad han nyss förklarat för konduktören förklarade han om igen för mig: den som ville äta kräftor på tåg måste göra det på toaletten eftersom brännvinet var bannlyst i kupén.

– De står här! Strängt förbjudet! sade den gamle analfabeten med en svävande gest åt väggens anslag om rökning och spottning, om placering av resgods och förtäring av rusdrycker.

Han hade aldrig lärt sig läsa och än mindre skriva men hans reseliv hade praktiskt inskärpt i honom vad som var lovligt och olovligt i en järnvägskupé.

Vi pratade om hur länge det var sedan sist, vi frågade varandra och gav svar på tal om gemensamma bekanta i Tosterup, om folk som kommit till kyrkogården och folk som kommit bort på annat sätt. Men där två eller tre var församlade talades det på den tiden om Kreugerkraschen och snart var Esping och jag inne på temat.

– En farlig människa, den där Kryber! utlät sig Esping. Di säjer han har gjort å me tre millioner!

Och så böjde han sig förtroligt mot mig, häktade mig med pekfingret i ett knapphål, gav de närsittande en misstänksam blick, drog mig tätt intill sig.

– Jag känner en i Teckomatorp som ble å me femtantusen! viskade han i örat på mig. Satantamej! Folk e galna.

Hans andedräkt var het och stark av brännvin.

Vid tvåtiden var vi framme i Malmö och jag föreslog lunch på en guldkrog, jag bjöd.

– E knappt så klädd! invände Esping och strök eftertänksamt sina solkiga ärmar. De e många år sen jag va på ett fint hotell.

– Strunt i krogarna! uppmuntrade jag. De har sin betalning.

Det var sant som det var sagt, medgav han då, och vi gick på restaurang där han redan i tamburen visade sin krogvana genom att klappa sin flottiga hatt över huvudet på rockvaktmästaren så att denne knäade.

I matsalen gick Esping obesvärat till attack mot allmänna smörgåsbordet, virade benfri anjovis kring sin gaffel som en italienare virar makaroner, åt på stående fot några salta bitar och en äggvalva med kaviar och rågade en tallrik med köttbullar, syltade grisfötter och ål i gelé. Därpå drog han omsorgsfullt smörkniven mellan läpparna och tog sig smör. Tilltaget observerades av hovmästaren, det var en elegant hovmästare, smärt som en vinthund i sin frack och vita väst. Han skyndade genast till, tog med alla tecken till vedervilja det stora fatet med dess pyramid av smörkulor och placerade det på Espings och mitt bord. Esping tog det som en uppmärksamhet, detta att vi fick smörfatet för oss själva, men jag blev inte kvitt en undran över hans beteende med smörkniven. Var det en hygienisk åtgärd att han slickade den innan han tog smör, hade kniven inte varit riktigt ren? Slutligen frågade jag honom rakt på sak. Han svarade med förvånad, lätt beklagande min. Att jag inte visste detta! Man värmer knivbladet för att smöret skall släppa lättare.

Nu kom kyparen med snapsarna på en bricka och Esping expedierade sin sup, återställde det tomma glaset till brickan och hade en grisfot mellan tänderna innan kyparen hunnit till mig med brännvinet. Sådan var Esping, koncentrerad, saklig och snabb i handlingar. Tiden hastar och när en sup stickes under näsan så tar man den utan omständigheter och är på säkra sidan. Det trugas inte alltid.

Tyvärr har jag inte Espings gåva att hålla tingen isär, associationerna jagar varandra och för så lätt min tanke på avvägar. Kyparen med snapsbrickan väckte minnet av Espings kommers med baron Ehrenbock på Eggelstad.

Det hände när Esping ännu satt välbeställd på Gottorp och handlade med hästar och kreatur i stor skala. Baronen behövde kontanter och skickade bud på Esping som kom till Eggelstad med späckad plånbok, levererade de önskade tusenlapparna och såg ut sin valuta i stall och ladugård. Baronen hade begagnat tillfället att bjuda några ståndsbröder på gyckel med Esping och efter slutad handel blev det middag. Man drack fyra sorters vin till maten och alla skålade flitigt med Esping som skulle supas under bordet. Vid kaffet tog man på allvar itu med starkvarorna. Det blev en ansträngd kollation, isynnerhet för adelsmännen. Esping visade sig oslagbar och drack en mot fyra natten igenom utan att förlora sin sinnesnärvaro. Till slut serverades en lätt sillfrukost där man räknade snapsarna till kvinten och kallade resten för strösupar, Esping stod bi. Hans ekipage körde fram, solen stod då högt på himmeln. Han hade knäppt fotsacken om sig och kusken höjde redan piskan när en betjänt kom utför trappan med ett brev från baronen på en bricka. Det var en hög trappa och en högtidligt långsam och prisnosigt föraktfull betjänt, Esping väntade otåligt. Hållande sig i gardinerna kikade värden och de andra ädlingarna förstulet från fönstren, något spektakel ville man ha för mödan och nu skulle man åtminstone få se hur en analfabet läste skrivet. Men Esping hade aldrig hört att brev serverades på bricka och han såg inte brevet, han såg bara brickan, en tom bricka.

– Var har du konjaken, drummel? röt han när betjänten kommit inom räckhåll.

Och han gav betjänten en örfil så att brickan föll i backen, ropade kör till kusken och åkte sin väg, övertygad att den skurken till betjänt snutit honom på ett glas i pälsen.

Vi tog den lilla halva som lagen medgav så dags på dagen och Esping erinrade med några ord om Hotell Horn och dess stora, sexkantiga silverkantin som stod mitt på bordet och där man ur sex kranar efter behag kunde tappa sig sex sorters brännvin: Tiodubbelt Renat, Neumanns Aquavit, Blandning, Kummin, Pomerans och Rehnbergs Sädes. Men han var visst inte den som klagade över restriktioner. De var tvärtom en välsignelse för gemene man, sade han, sedan brännvinet blivit så ruinerande dyrt. Efter detta uttalande besökte han smörgåsbordet för att förse sig av det småvarma och strax var hovmästaren vid hans sida och fjäskade med det ena och det andra. Hovmästaren hade hela tiden slagit sina lovar i vår närhet och inte släppt Esping ur sikte. Denne fann sig ledigt i den närgångna uppvaktningen, fyllde med sillgratin, ostlåda och prinskorv kransen av ålben och småben av gris på sin tallrik och stack undan för undan servisgafflar och förläggsskedar i handen på hovmästaren.

Jag iakttog Esping medan han tog till sig det småvarma och jag måste beundra den säkra elegans varmed han förde kniven. Han stack den i munnen rakt framifrån, för att skona mungiporna. Likväl upptäckte hans känsliga läppar plötsligt en skråma i stålet. Han synade knivbladet omsorgsfullt, prövade eggen med tummen och brynte den sedan händigt mot gaffeln. Det blev så tyst i matsalen och en märkbar skälvning gick genom hovmästarens välgjutna rygg.

Till varmrätt valde vi lammkotletter som serverades med vackert krusade pappersmanschetter om benen. Esping lossade kruspapperet så försiktigt att det inte blev flottigt, vek nätt ihop det och stoppade det i västfickan.

– Te barnen! sade han med en urskuldande glimt i ögat.

Jag förstod: han sparade pappersmanschetterna liksom man förr tog med sig dop- och begravningskarameller från kalas. Men till barnen?

– Du menar väl barnbarnen! kastade jag fram.

– Nä, di små därhemma, försäkrade han i det ett varmt leende krusade hans stora mustasch. De e så roligt me dom, di artar sej väl!

Nu hade jag nog hört att han under årens lopp lagt på den ena kullen efter den andra. Och ändå! Åttio år och ung barnafar, tänkte jag, det är gott virke. Men Esping såg på det han hade för händer, renskar kotlettbenen med en slaktares färdighet och krossade dem mellan tänderna för att pröva dem på märg.

Vi tände cigarrer och smälte maten i ro vid en kopp kaffe och som treslaget förklingat tog vi ny ranson. Esping svepte sin konjak i ett drag, jag såg honom aldrig smutta på ett glas. Han satt rak, utan att stödja mot stolens ryggstöd, och likväl syntes det att hans vila var fullkomlig. Hans kraftiga, mörka hand vilade på den vita bordduken, cigarröken virvlade blekblå ur hans svarta mustasch. En geting kom från fönstret och fällde i sockerskålen. Med en lugn åtbörd fångade han getingen, såg på den ett ögonblick, knäckte den i sin garvade nypa, kastade den på golvet. Och anmärkte likgiltigt:

– Gott om fluor i år!

Han skilde inte på mott och mal, på humlor och nyckelpigor, allt småkryp som flög kallade han flugor.

Men en grogg skulle vi sluta med och jag vinkade på den elegante hovmästaren som med en lätt bugning vände sig till Esping och frågade:

– Får det va konjak eller whisky?

– De gör desamma, bara du kvickar dej! svarade Esping med cigarren mellan tänderna.

Som träffad av en stöt i bröstet ryggade hovmästaren några steg, snurrade så på klacken och försvann.

– Duar du hovmästaren? undrade jag.

– En säjer väl du te alla hotelldrängar! viskade Esping till svar.

Groggen kom men hovmästaren syntes inte mera.

En halvtimme senare skildes jag från Esping i ett gathörn där en vilthandel skyltade med nyskjutna änder. Jag stod och såg efter honom tills han var ur sikte, på väg hem att glädja barnen med ett stycke kruspapper som nyss suttit som manschett kring ett kotlettben.

II.

## Dichtung und Wahrheit

Si, en lögnares lögn vänder åter till hans mun,
bliven en sanning större än hans lögn var stor.

I många år levde jag vid en sjö som har lika många öar som året har dagar. På sjöns och öarnas stränder badade sommartid brunhyllta kvinnor i brokiga baddräkter. Mestadels var det långväga främlingar, semestrande gräsänkor och flickor. De bildade ett angenämt inslag i umgängeslivet såsom människor man knappast riskerade att råka igen.

Min närmaste granne och oskiljaktige vän var Peter Gädda, rentieren. I flera år bodde jag för övrigt i Peters hus. Han var god och fetlagd och sov gott om nätterna. Han var en praktisk man som årligen inbesparade en summa motsvarande en åttondel av kupongvinsterna genom att tillverka sitt eget sodavatten på en flaska med kolsyretub. Mitt trägna umgänge med Peter bidrog att vidmakthålla proportionen mellan besparing och inkomst. Vid stigande konjunkturer föll detta sig ibland svårt. I depressionstider åter vållade det ingen möda.

Peter var ivrig fiskare och jägare. Han vakade över att gäddan drogs då den var i ”taget” och abborren då den gick upp på grunden, över att stövlarna i god tid tränades mot ömhet i fötterna och över att man väcktes i otid första andjaktdagen.

Så var det en gång i augusti och de mörka nätterna

nalkades. Peter varskodde om långrev för ål och annat som Gud kunde hugna krokarna med. Det skulle bli en längre expedition, vi skulle stanna borta över natten. Peter brydde sitt huvud med många och långa förberedelser. I synnerhet gällde dessa matsäcken. Vi talade uteslutande långrev i flera dagar och hyssjade åt allt ovidkommande tal.

Den dagen långreven skulle läggas hade både Peter och jag tagit på oss våra bästa kläder. Fru Anna – Peter var gift – undrade:

– Ska ni klä er fina till fiske?

Peter, som just lade sista handen vid matsäckskorgen, genmälte:

– Vi får väl se ut som folk när vi går genom stan! Fisklumpen har vi i båten.

Mer talades inte om den saken och så gick Peter och jag till båthuset, fyllde bensintanken och prövade starten. Maj, Peters lilla blonda dotter, och Peters piga skulle komma efter med matsäcken. Det gjorde de och langade oss den stora korgen från bryggan.

Maj log ett brådmoget, spotskt leende och sade:

– Mamma har sett violbuketterna i korgen!

Pigan fnissade och Peter blev mycket röd i ansiktet.

– Jaså, violerna! Ja visst ja, stammade han. Jag köpte dem till mamma på torget och i hastigheten kom de med i matsäcken. Vill du ta hem dem till mamma, Maj, är du snäll!

Och Peter dök ner i korgen och drog upp två praktfulla violbuketter och överlämnade dem till Maj.

– Ska jag ta med de två konfektaskarna också? frågade Maj.

På denna fråga fick Maj inget svar. Pigan kiknade av

skratt. Peter böjde sig över startveven och drog till: ett tag, det hackade till i maskinen; två tag, tre tag och motorn rusade. Peter sparkade till backslaget och båten gled sakta ut ur båthuset medan Maj stod skadeglatt skrattande på bryggan och viftade med violbuketterna.

Då vi hunnit utom hörhåll från båthuset och stävade mot den öppna fjärden, sade Peter:

– Fan att man ska behöva tänka på allting! Vi kunde ha tagit korgen med oss. Du kunde ha tagit den!

– Du kunde ha tagit den själv, invände jag stillsamt.

– Sant! Försent kommer aldrig igen, svarade Peter som satt till rors. Låt oss inte byta ord! Ge mig en pilsner.

– Den är inte kall än.

Jag hade känt på översta flaskorna i pilsnerlådan som var fodrad med is.

– De är kallare än jag, förklarade Peter. Fly mig en halva!

Jag lydde.

Med fem knops fart gick vi genom gröna sund och över blåa fjärdar mot vårt avlägsna mål, en namnlös ö. Visserligen namnlös. Men en ö där vi visste att långrev kunde läggas med fördel och att två brunhyllta badgäster skulle välkomna oss med glädje. Ty långrevsfiske får inte vara ett slumpens verk.

Efter flera timmars färd förtöjde vi vid en tall som lutade sin stam över den namnlösa öns strandskoning. De brunhyllta var oss i möte, hurrade och hjälpte till med urlastningen av vår förning.

I kvällningen lade vi ut långreven och så vidtog vakan på vittjandets stund. Bordet var dukat på den lilla stugans förstukvist, maten var god, dryckerna väl tempererade. Resegrammofonen spelade. Över våra huvuden brann kulörta papperslyktor. Utanför deras ljuskrets var augustinatten som en svart, förtroendegivande förlåt. De brunhyllta var lätt klädda och allt lättare blev deras klädsel efter hand. De glittrade med vita tänder eller såg med halvslutna ögon behagsjukt på sina egna vackra lår. Men Peter var sig inte lik. Han var inte den käcke och framgångsrike adorateur som han brukade vara på så långt avstånd från hem och härd. Onda aningar tyngde hans sinne. Men nog, mer än nog om den natten.

Först följande dags kväll angjorde Peter och jag båthuset. Och en ål på halvtannat kilo hade vi med oss. Peter bar hem den med en nyskalad vidja. Han var mycket tystlåten och proponerade ingen grogg när vi skildes.

När jag nästa dags förmiddag mötte Peter på Storgatan var han en skugga av en frodig rentier. Han berättade sitt lidandes historia. Fru Anna hade inte varit nådig. I själva verket hade hon varit så sur att mjölken hade skurit sig till Peters frukostgröt. Hon hade framställt ett otal frågor: Vad ålen gällde per kilogram? Om det var utmärkande för ål att nappa på violer i augusti månad? Vilka fiskar som högg på teaterkonfekt? Om jag var det enda lämpliga umgänget i hela staden? Och mera sådant.

Som jag själv inte hade någon att göra räkning och reda för hade jag svårt att hålla min munterhet och den arm jag lade om Peters skuldra var ett falskt stöd. Jag sade:

– Du äter middag med mig i dag. Det blir kräftor.

Den lilla stadens tristess tryckte mig för ögonblicket mera än vanligt.

– Omöjligt, svarade Peter. Du vet inte vad du talar om. Det blir att va huskatt en lång tid framöver.

– Då äter jag middag hos dig.

– Ännu omöjligare! Jag skulle inte be min ovän äta middag i ett getingbo.

– Får jag inte försöka ordna på något sätt ...?
– Tänd cigarr i ett kruthus, får du se!

Med dessa ord lämnade Peter mig och jag fortsatte gatan fram. Jag *ville* inte äta middag ensam, men hur få loss Peter? Då erinrade jag mig silverskålen. Jag hade det! Och min häpna glädje var så stor att jag tvärstannade. Detsamma gjorde bryggeriets ölvagn som just kom körande. Till den grad avspeglade sig min glädje i mina anletsdrag. Ölkusken trodde att glädjen kom sig av törst och lyckligt möte.

Peters silverskål, det var en historia för sig. Det var en praktpjäs, signerad Drephal, Karlskrona, 1723. De graciösa handtagen, bålens form, de enkla siraterna, allt bar prägeln av gammalt förnämligt konsthantverk. Peter hade kommit över den på auktion.

Kvällen före auktionen hade Peter varit i sällskap med några finansvänner och talet hade fallit ungefär sålunda: ”Blir det bolsjevism, så går allting åt helvete ändå.” ”Om statsobligationer blir värdelösa, kan vi så gärna gå direkt på fattighuset.” ”Om inte Bryggerier stiger nu, skulle folk sluta dricka bier.” ”Gull är mull.” ”Vad har man efter döden?” Peter blev optimist av allt detta tal. På auktionen ropade han in silverskålen för tvåtusen kronor kontant. Hans vänner prisade kapitalplaceringen och Peter hemförde dyrgripen i triumf. Men väl hemma trumferade han inte längre.

Fru Anna räknade efter vad hon kunnat få för tvåtusen kronor. Det blev inte litet. Kunde Peter omedelbart sälja skålen för tvåtusen? Naturligtvis inte. Den var ju ett konstverk. Men när rätte köparen kom kunde den betinga både tre och fyratusen. Jo, vackert!

Peter fick äta upp den skålen både bittida och sent. Och

silvret var hårdtuggat. Snart kunde han inte klaga över den minsta hushållsutgift utan att få i sig denna vers som Maj hade diktat:

*Gäller det en silverskål*
*är vår Peter icke snål,*
*men på knappenålar*
*Peter alltid snålar.*

Det var Peter en klen tröst att pigan inte dristade sig kasta honom dessa rim i ansiktet. Hon visslade dem i stället.

Peter skulle gärna ha kastat silverskålen i sjön bara han hade sluppit höra talas om den. Men fru Anna hade betingat sig att när skålen en gång såldes skulle hon ha pengarna. De skulle bli till en ny päls.

Jag ringde upp Peter och fru Anna svarade. När hon fann att det var jag förlorade hon sitt vanliga, älskvärda tonfall. Hon blev inte ohövlig men iskall.

– Jag skulle gärna se Peter på middag i dag, började jag.

– Det går inte alls. Peter är inte riktigt kry.

– Kan jag få tala med honom ett slag?

– Det lämpar sig inte riktigt just nu.

– Ja, *mig* gör det strängt taget ingenting. Det var bara så att Jacobson är i stan. Jag ska äta middag med honom och jag tänkte att …

– Jacobson?

– Ja, Jacobson. Har jag verkligen aldrig talat om honom? Min vän den excentriske bankiren. För resten känd som en av våra förnämsta samlare av antikt silver. Ni vill ju gärna sälja er skål, eller hur?

Fru Anna blev eld och lågor.

– Hur dags äter ni?

– Ja, Peter är ju inte kry.

– Det gör detsamma. Han kommer.

– Vore det inte bäst i alla fall om jag fick tala med honom?

– Behövs inte! Hur dags var det?

– I så fall klockan fem. Precis!

– Klockan fem! Lita på mig!

Peters humör hade stigit betydligt när han punktligt klockan fem inställde sig på krogen. Han prisade min uppfinningsrikedom.

Vi åt en solid middag på kräftor, röding, kyckling och frukt. Därtill drack vi mycket av många drycker.

Vid kaffet började emellertid Peter yppa vissa betänkligheter rörande Jacobson.

– Det är förbannat viktigt, ser du, att vi säger lika när Anna frågar. Annars blir den sista villan värre än den första.

– Vi utrustar Jacobson med vissa framträdande kännetecken, föreslog jag, så kommer vi lättare ihåg hur vi har ljugit. Vi kan till exempel göra honom rödskäggig. Det minns man bra.

– Topp för rött skägg, svarade Peter. Men vet du vad! Du äter frukost hos mig i morgon. Jag stiger upp väldigt tidigt och går ut och promenerar några timmar och så hämtar jag dig. På det sättet träffar jag inte Anna förrän till frukost och så får du sköta detaljerna och jag har bara att hålla med.

– Men i kväll! invände jag.

– I kväll! utropade Peter. Vad fan är det här för kalas? Jag ska väl inte kunna tala när jag kommer hem.

Det kunde han inte heller.

Då Peter och jag morgonen därpå träffade fru Anna vid

frukostbordet var hon mycket nyfiken på Jacobson. Men Peter dekreterade att maten skulle tysta munnen och att hon fick lugna sig till kaffet. Dock måste jag genast förklara att Jacobson hade visat sig mycket intresserad av silverskålen, att han tyvärr måst resa med nattåget men att han vid tillfälle skulle återkomma för att se på skålen. Han hade bett att bli underrättad innan den såldes på annat håll, sade jag. Det lät lovande, tyckte fru Anna.

När vi hade stillat morgonhungern och fru Anna serverat kaffet, sade hon:

– Äntligen! Berätta nu! Är han rik?

– Om han har sju millioner vet jag inte säkert men sex har han, försäkrade jag. För övrigt är han rödskäggig.

– Ja, Gud allsmäktige, hjälpte Peter till, vilket skägg! Det stod som en eldkvast under hakan på honom.

– Han har träben, fortsatte jag.

Peter började bli orolig.

– Gå du ut och lek, Maj! sade han. Du behöver inte sitta inne när det är så här vackert väder.

Maj försvann och Peter placerade sig bakom sin bättre hälft och gjorde en varnande grimas mot mig.

– Du menar inte, sade fru Anna, att han hade vanligt träben! Han hade väl en ordentlig protes.

Peter signalerade bakom hennes rygg. Men jag svarade trovärdigt:

– Nej visst inte! Han har vanligt träben. En sådan där pinne med puta och fritt nedhängande byxben. Jacobson är så excentrisk att du kan inte tro det, Anna. Det skulle inte alls förvåna mig om han en vacker dag dök upp med ett positiv på ryggen för att köpa silverskålen. Hans infall är fullkomligt oberäkneliga.

Peter svettades. Jag högg till:

– Det är målat i allmogestil, träbenet.

– Milde himmel! utbrast fru Anna.

Peter blev alldeles vild.

– Han hade emaljöga också, stötte han fram.

– Ja visst, sade jag. Det var ett riktigt snyggt öga. Du minns att han tappade det i soppskålen när han tog ut det för att visa det.

– Ja, att det inte gick sönder! sade Peter matt.

– Han var mycket rädd om det. Jag ville ju genast fiska upp det med soppsleven men han var rädd att sleven kunde skada emaljen. Så i stället torrlade han ögat genom att äta upp all soppan.

Fru Anna hade aldrig hört på maken.

– En sån konstig kurre, sade hon. Men millionärer är ju ofta så besynnerliga.

– Och törstig är han! Du förstår, Anna, det var därför Peter var tvungen att dricka väl mycket. Vill man sälja får man stå rycken.

– Asch, tala inte om det! Bara han ville köpa skålen!

Den närmaste tiden frågade fru Anna ofta efter Jacobson. Till slut sade jag att han hade rest till Rivieran och att det nog kunde dröja länge innan han kom tillbaka. Så småningom upphörde hon att fråga.

Sommaren blev till höst, vintern kom, följdes av vår och så var det sommar igen. Sagan om Jacobson hade nästan fallit Peter och mig ur minnet.

En het, kvalmig julidag var jag på besök hos min vän Peter. Vi satt i vardagsrummet som de nedfällda markiserna försänkte i halvdager, det var svalare inne än ute. Genom de öppna verandadörrarna hade vi utsikt över trädgården vars grönska slokade i den stilla, värmedallrande luften.

Bäst vi slöade i våra stolar kom fru Anna rusande in från

trädgården. Hon var livligt upprörd, kastade från sig sin stråhatt och ordnade håret framför spegeln.

– Jacobson är här, sade hon.

Varken Peter eller jag reagerade nämnvärt för detta meddelande.

– Vilken fan Jacobson? frågade Peter slött.

– Bankiren! utropade fru Anna. Han med träbenet. Han vill säkert köpa silverskålen. Rätt som jag stod ute i trädgården så kom han in genom grinden och jag fick brått att komma in och snygga till mig lite. Och tänk! Positiv har han på ryggen och rödskäggig är han. Jag trodde verkligen att ni hade överdrivit. Han är väl bra originell! Hur ser det ut här inne?

Fru Anna vände sig från spegeln och överfor rummet med en granskande blick. Jag stirrade på henne som om hon varit ett spöke.

Peter gjorde en ansats att resa sig men jag hejdade honom. Något måste göras. Men vad? Jag fasade för rötmånadsverkligheten.

– Kära Anna! utbrast jag förtvivlad. Be för Guds skull inte Jacobson komma in! Håll honom ute i trädgården. Du får sköta kommersen där ute bäst du kan. Om Peter och jag träffar honom blir det ett evinnerligt supande. Jag känner honom. Och jag står inte ut med det i den här värmen.

– Kanske blir det bäst som du säger, svarade fru Anna. Vad tycker du, Peter? Hur mycket ska jag begära?

Peter såg tomt framför sig och yttrade ingenting.

Fru Anna hämtade den praktfulla silverskålen från salongen. I samma ögonblick som hon steg ut på verandan hördes de första tonerna av Glada Änkan från ett positiv utanför.

Jag såg på Peter att han för ett ögonblick tänkte på de tvåtusen kronorna. Men han var alltför överväldigad för att vidtaga någon åtgärd.

När positivet tystnade smög Peter och jag oss bort till verandadörren och kikade ut i trädgården. Och där ute, i trädgårdssoffan under solparasollen, satt vår lögn, Jacobson, livslevande. Det röda skägget stod som en eldkvast under hans haka. Träbenet var, om inte målat i allmogestil så dock försett med några målade krumelurer.

Jag har en gång vaknat på ett hotellrum och funnit en man hängande i spjällsnöret, iförd min egen ulster. Men det var värre att se Jacobson denna kvava julidag. Peter såg sjuk ut. Vi vacklade tillbaka till våra stolar och sjönk ner i dem. Inte ett ord fick vi över läpparna.

Fru Annas underhandlingar med Jacobson blev inte långvariga men lyckades tydligen. Ty hon kom in utan silverskålen, ivrig och röd.

– Jag fick tvåtusenfem, sade hon triumferande. Precis vad jag begärde. Det blir ingen dålig ränta på pengarna. Tänk så konstig han är! Han sa knappt ett enda ord. Han mumlade bara nånting om att han inte hade så mycket pengar på sig. Och inte presenterade han sig heller, vad det beträffar. Men jag fick honom att ta skålen med sig och sa att han kunde skicka en check när det passade. Det är inte var dag man hittar en sån köpare.

Peter stirrade fånigt på sin hustru. Det var verkligen synd om honom.

– Nu går han, upplyste fru Anna i det hon böjde sig ner vid fönstret för att kunna se under markisen.

Jag skyndade till det andra fönstret. Och jag såg Jacobson stulta utför trädgårdsgången mot grinden med positivet på ryggen och silverskålen under armen. Jag hade ett kusligt intryck av ett solrosorna längs gången vände sig om efter den groteska figuren.

Plötsligt gjorde jag en ny iakttagelse och vinkade den halvt bedövade Peter till min sida.

– Ser du, viskade jag i hans öra, ser du vilka stympare till lögnare vi är? Jacobson har *två* emaljögon!

– Två vad? flämtade Peter.

– Ser du inte hunden, människa?

Jacobson leddes av en pudel som just nu lotsade honom genom grinden. Och borta var han. Peter har varken återsett honom eller silverskålen.

Peter talar numera endast sanningens ord. Och det är ett faktum att den rödskäggige positivhalaren ännu i skrivande stund avhåller mig från mången frestande lögn.

## Bankkalas

Bankstyrelsen i Sämskevik trädde samman varannan måndag och nu var det en sådan måndag i maj månad och dagens namn var Åke. Styrelsen var inte fulltalig denna dag men dock beslutmässig. Protokollets ingress var redan utskriven och lydde så:

*Närvarande:*
*Ordförande, dir. Emmerich Olsson samt herrar grosshandl. Sam Jubell, häradsskriv. E. G. Tibast och handl. Å. Ludvick.*
*Vid protokollet: undertecknad, verkst. direktör.*

Den verkställande var en trettiofem års herre men de andra fyra hade alla nått den stadgade åldern mellan sextio och sjuttio.

Emmerich Olsson hade från en ringa början stigit till makt och rikedom. Han var född ekonom, han tänkte med plånboken och hans framgång visar vart en sådan tankeverksamhet kan leda. På 20-talet skrev han sig omnibusägare, sedan blev det fastighetsmäklare och slutligen direktör. När den stora depressionen började omkring 1930 hade han redan avvecklat sin bussrörelse med stor vinst och denna placerade han i fastigheter. Han köpte nya fastigheter för lånade medel och undan för undan antog hans upplåning för egendomsköp en omfattning som de flesta ansåg oförsvarlig. Men utvecklingen visade att han hade handlat i högsta grad framsynt och försvarligt. (I själva verket hade han ju spekulerat i väldig omfattning.) Efter hand vek depressionen för stigande konjunkturer, andra världskriget kom och inflationen begynte; men då satt Emmerich Olsson i tryggat bo som ägare av ett antal stora gårdar på landet, av hus (och ibland hela kvarter) i flera städer och av värdefulla skogsarealer på skilda håll i landet. Han blev Sämskeviks rikaste man, millionär flera gånger om. Utöver sina fastigheter ägde han stora bryggeriintressen, var ansedd i alla kretsar och en högt betrodd ledare av den kyrkliga kommunens förvaltning. Det sades om Emmerich Olsson att han hade två gudar före Den Högste: hustrun Elisabeth (kallad Bettan) och Mammon; den ena guden fruktade han över allt annat, den andre älskade och tjänade han med glädje.

Som han nu presiderade vid det gröna bordet gav hela hans person ett intryck av samvetsgrann försiktighet och sparsamhet. Han var lång och asketiskt mager, den smala, skrynkliga halsen sköt upp ur snibbkragen utan att röra vid stärktyget; den skarpa näsan var svagt blyfärgad, blicken bakom pängsnéns glas undvikande och nästan skygg; hans rörelser var ängsligt avmätta och armarna snuddade knappast vid bordskanten när han lyfte växlar och andra handlingar så varsamt som om de varit spröda och flyktiga ting; rösten var lågstämd och sparade stämbanden.

Där satt Sam Jubell bekvämt tillbakalutad i sin fåtölj, händerna knäppta över magen som spände västen till en vacker halvsfär; en liten hjulbent herre med runda, röda kinder som var diskret sgrafferade i blått; det vita håret låg glest över hjässan; hans mörka, runda ögon såg på omvärlden med nyfiken förvåning när de inte blev frånvarande i drömmar om det materiella, i drömmar om ätliga ting och framför allt om drickbara. Inte bara kroppsligen var han högst olik ordföranden. Sam Jubell var inte försiktig och han var inte sparsam. Han ägnade sina affärer så mycken tid som var strängt nödvändig och sina nöjen så mycken tid som möjligt. Hans livsåskådning kunde uttryckas i tre korta sentenser: Gull ej annat är än mull – låtom oss äta och dricka ty imorgon skola vi dö – efter oss syndafloden –. I allvarliga stunder – de var inte många – kunde han dock betyga sin fasta tro på Guds existens och på en personlig uppståndelse från de döda. – Detta för min egen del, brukade han då tillägga.

Jubell var i sitt andra gifte – efter en passande tid som änkeman – förenad med sitt f.d. hembiträde. Han hade "gift ner sig", hette det, men fick inga skäl att ångra sig. Fru Alma Jubell var en blodfull blondin i sina bästa år, hon hyste den djupaste vördnad för honom och gav honom all kärlek han önskade. Han höll ett gästfritt hus och blev särskilt ryktbar för de nachspiel som han regisserade med aldrig sviktande gott humör. När som helst på morgonkröken kunde han bullra in med sina kumpaner. – Opp o hoppa, Alma lilla! ropade han fryntligt. Här är jag me några trevliga gubbar. – Och fru Alma var inte rädd för sena timmar och buller och bång, hon kom kvickt ur säng och gnuggade sömnen ur ögonen. Så fick hon sina instruktioner: Vi vill ha en matbit, bara i all enkelhet. Gör dej inget besvär! En tie, tolv assietter bara o så lite småvarmt. Men framför allt: gör dej inget besvär, för då blir vi lessna. Brännvinet är väl kylt? Vi tar oss en grogg så länge mens du styr i köket. – Och fru Alma dukade fram ett gott smörgåsbord, lagade Janssons frestelse, stekte köttbullar och prinskorv. Hon kände sig leva med i stora världen. – Det viktigaste av allt är hemliv och hemtrevnad, sade Jubell. Skål, mina herrar!

Häradsskrivare Tibast, jur. kand., var den korrekte ämbetsmannen: soignerad, välklädd. Det välrakade ansiktet var ljust rosenhyllt, det grå håret prydligt nackbenat. Han bar hornbågade glasögon. Alltid visade han ett artigt intresse för vad andra yttrade.

Så var det Åke Ludvick, specerihandlare i staden och ansedd för enastående personkännedom. Han hade fått anknäbb av ett mångårigt smakande på delikatesser och den glesa, grå mustaschen petade honom i näsan. Uppmärksam som på ett husförhör satt han där vid förhandlingsbordet, ansiktet stannade gärna i ett godmodigt, halvt generat leende. Då och då stack han en tobaksfläta i munnen och bet av ett helt litet stycke.

Bankdirektören föredrog sina ärenden och först klubbades de senaste två veckornas diskontering, annat återstod inte därvidlag för gjort göres inte ogjort i växelköp. Man kom så till nya låneansökningar och reverser och andra handlingar gick från man till man. Jubell sköt dem ifrån sig utan att granska dem, hans högerhand fungerade med förströdda, mekaniska rörelser. Han sög sin cigarr och blåste rökringar mot syrenbuketten som prydde bordet. En lånerevers föranledde en längre diskussion; låntagaren var alltför känd (i denna sin egenskap), ene borgensmannen var svag och den andre okänd. Vem var Zachris Svensson, lantbrukare, Tuaröd? Och vad var han god för?

– Är det nån som känner honom? undrade ordföranden utan att få svar.

Bankdirektören väckte Jubell med en mild knuff i sidan och höll fram reversen till påseende.

– Jaså, Svensson i Tuaröd, sade Jubell. Jo honom känner jag väl. De e en glad skit så det lånet kan vi ta.

Lånet avslogs utan någon reservation från Jubells sida. Han återföll i sina drömmar och fortsatte att blåsa rök på syrenerna.

Man kom till en inteckning som häradsskrivaren prickade av i gravationsbeviset medan ordföranden begrundade taxeringsbeviset både länge och väl. Slutligen yttrade ordföranden:

– Jag känner väl till den här fastigheten och för min del tycker jag att taxeringsvärdet är på tok för högt. Vad anser herrarna?

Jo, man kunde nog hålla med om det.

– Och du, Jubell! sade häradsskrivaren ljudligt.

Jubell hajade till för det oväntade anropet och svarade:

– Har ni hört att de har tångräkor på Stadt?

Då skrattade de andra och Jubell skrattade också för han skrattade alltid när andra gjorde det.

Omsider var föredragningslistan genomgången, ordföranden markerade ett lätt klubbslag och förklarade sammanträdet avslutat. Därpå reste han sig långsamt och stelt och lättade på pängsnén ett slag. Bankdirektören ordnade sina papper och häradsskrivaren öppnade ett fönster mot den soliga gatan. Jubell drömde inte längre för nu skulle det roliga börja och då var ledningen hans. Han sträckte med välbehag på benen, tände en ny cigarr och talade:

– Jag har vikt bord nere på Stadt. Jag hoppas att ingen sviker gamla goda vanor utan vi äter väl middag ihop. Sliter vi ont så ska vi åtminstone ha det gott.

Han slutade med ett litet skrockande skratt och såg vädjande på kollegerna. Häradsskrivaren och Ludvick sade genast ja, Emmerich Olsson slingrade sig först men övertalades. Bankdirektören mälde förfall som godtogs och

Jubell ringde till hotellet och beställde smörgåsbord för fyra.

De hade fått plats på verandan utåt trädgården som fägnade ögat med sina vårliga behag. Solen sken, trastar tättade på gräsmattan, eken stod i knopp och bokens krona var utslagen, ännu lätt och luftig i sin första, ljusa grönska. Buskaget av blommande syren låg i skugga men i rabatten mot den vita muren lyste tulpanerna som eldslågor. De fyra herrarna gick emellertid till bords utan att fängslas av grannlåten utanför. Jubell beordrade tångräkor extra och frågade i samma andedrag om punschen var isad; häradsskrivaren luktade på laxmajonnäsen och Ludvick lyfte på gröngarnityren och synade det kallskurna. Nyrostat bröd, öl och brännvin serverades och de tog itu med sin spisning. Om en stund kom servitrisen med matsedeln och den bjöd en obehaglig överraskning: priset på middag – assietter med varmrätt – hade stigit med 50 öre till 8:50. En allmän veklagan följde:

– Där borde sättas laglig spärr för krögarnas profithunger! – Ja, priskontrollen var inte så dum som man tyckte på den tiden. – Va deklarerar krögaren för egentligen? – Det är ingenting att rätta sej efter, han vet nog fan hur han deklarerar. – Det är inte mer än ett halvår sen sista höjningen och va har stigit sen dess? – Skosmörjan är det enda så vitt jag vet. – Låt oss hoppas att *den* inte kommer i grytorna! – Snart har man inte råd att gå ut längre. – I längden straffar det sej själv: folk blir hemma och så får krogarna slå igen. Resande får ha matsäck med sej.

– Det är inte *pengarna*, sade Jubell till slut, för *personligen* ger jag fan i femtioöringen. Nej, det är *sättet*. Man får ju tänka på den stora allmänheten också.

Och så tog man en stor halva för att trycka ner olusten över prishöjningen.

När flickan röjde bordet för varmrätten höjde häradsskrivaren sitt ölglas mot Ludvick och gratulerade till namnsdagen; och speceristen log och tackade och kallade på bourgogne till biffsteken.

Vid kaffet och punschen spelade musiken upp och det irriterade Jubell.

– Nu börjar det förbannade bierfilandet, sade han och blåste cigarrök i örat på Emmerich Olsson. Vi sitter väl nära, vi kan ju knappt höra va vi säjer.

Emellertid gick det väl för sig att prata, de drack och rökte och pratade i ett kör. Kverulansen över matpriserna blossade upp emellanåt men mot kvällen allt mera sällan. Jubell lyssnade bara med ett halvt öra på de andras prat, passade minsta paus för att gripa in med en av sina otaliga historier.

Klockan blev halv elva, de hade sen länge övergått till groggarna och förtäringen gick i genomsnitt till en femtilapp per man. Servitrisen stack fram en matsedel: köket stängde om en halvtimme och skulle det vara något mer att äta? – Jo, det fattades bara! Jubell läste matsedeln högt och kommenterade med de gamla, slitna skämten: Omelett – ja, den blir man å me lätt! Entrecôte? Tack, i så fall så kåt som möjligt! – Flickan fnittrade beredvilligt fast hon kunde allt sådant utantill.

De bestämde sig för råbiff, nio kronor kostade den. Råbiff med öl och en snaps. Det var sent nu, humöret hade stigit och priset på biffen ansågs skapligt. Inget buller var störande längre, Jubell beställde Björneborgarnas marsch av musiken.

De satt kvar tills deras lampa var enda ljuset som lyste i

lokalen. Flickan kom med notan.

– Hör Ella till såna som tar betalt? fick hon höra.

Hon fnittrade beredvilligt.

En liten stund senare promenerade de fyra vännerna genom Svärdfejaregatan mot Stortorget. Natten var ljus och ljum, luften var mängd med vårens fina dofter. De gick sakta och såsom tvekande. Det var svårt att redan skiljas åt, alla hade de samma tanke: en smörgås, en sup, en grogg eller två; det vore pricken över i. Häradsskrivaren kom med de förlösande orden: Vi går hem till dej, Jubell!

– Vänta ett tag! svarade Jubell och stannade under en gatlykta.

Han tog upp en fickalmanack och studerade den ingående, vändande och läsande blad efter blad. Det tog tid och de andra blev otåliga. – Har du träff så här sent? lät det från Emmerich.

– Nu ska ni få höra, sade Jubell slutligen. Sen den förste januari har jag haft förtisju nachspiel hemma hos mej och nu går vi till nån annan för en gångs skull. Vi går hem till dej, Emmerich! Du har fullt av varor på lager, det kan du inte förneka. Och det är flere år sen vi var på svyck hos dej.

– Omöjligt! Absolut omöjligt, stammade Emmerich förskräckt. Bettan är inte riktigt kry.

– Desto snarare ska du hålla dej hemma. Vi ska hjälpa dej att se om Bettan.

Emmerich var mycket illa till mods, han höll rent av på att nyktra till.

– Ni förstår väl, protesterade han, att när Bett – – –

– Nä min själ förstår vi ej! Inget snack! avbröt Jubell. Styrelsen är fortfarande samlad och vi överröstar vår ordförande. Eller hur, gubbar?

Och därmed tog han Emmerich i armen och drog honom med sig. Med hjärtat fyllt av onda aningar måste Emmerich ge vika.

– Men på ett villkor, sade han. Vi får hållas i köket och ni får lov att va *absolut* tysta. Om bara inte Bettan hade vatt krasslig så – – –

– Köket måtte väl gå bra, inte frågan om det. Och visst ska vi va tysta, vi är ju spik nyktra.

På tisdagen mötte jag Sam Jubell på gatan och han berättade då om nachspielet hemma hos Emmerich Olsson och vidare om det som hade hänt honom själv denna samma tisdags förmiddag. Berättelsen skall här återges med hans egna ord för han är en god berättare fast kanske väl mångordig; han har ett osvikligt minne och det rätta sinnet för vissa detaljers stora betydelse. Dessutom säger han själv att han aldrig berättar annat än det han med säkerhet vet vara sant, d.v.s. sådant som han har hört av andra eller läst om i tidningen eller iakttagit med sina egna sinnen. Så berättade han:

– Du förstår ju att vi för den delen gott kunde ha gått hem till mej för Alma tycker bara att sånt är roligt. Men jag va ju lite på snusen jag som de andra och så rann sinnet på mej. Dels reta det mej att den rike Emmerich inte kan bjuda nån gång men mest va det för att se om han skulle *våga* ta hem folk mitt i natten. Hittills har han aldrig gjort det när Bettan har vatt hemma, inte såvitt man vet åtminstone. Han står ju under toffeln till den grad så att det nästan är synd om honom. Ja, du känner inte Bettan – men hon är *skarp*. Hon är inte bara djäklig i största allmänhet utan hon är riktigt *stygg* och led utå bara den, kärringen. Jag tänker ibland att när hon sätter ut taggarna så måtte fan krypa när henne. Nå, som sagt så blev det hemma hos Emmerichs. De bor här oppe ve torget, en trappa opp, de har en stor och dyrbar våning. Ja, huset är ju deras eget förstås. Emmerich börja tysta på oss långt innan vi va framme, han var så rädd så han höll på att göra på sej! Jag kunde knappt hålla mej för skratt. Vi gick in genom porten – vi skulle bevars va i köket så vi fick gå bakvägen. Inne på gården va där mörkt så vi fick treva oss fram, där är en slags skärmtak som skymmer mitt på dan också. Rättnu va där nån som välte en plåtrulle som stod där, vaffan nu en plåtrulle hade på gården att göra. Det tog ett brak så det kunde väcka statyer och sen blev där ett skramlande när rullen valsa bortåt stenläggningen. Vi kom fort in i trappan och där ville Emmerich att vi skulle ta skorna av oss, han va rent ifrån sej. Jag sa att det behövdes säkert inte efter skrällen med plåtrullen och då envisas han inte med det. Men jag hade i sista ögonblicket sett att där tändes ljus i ett fönster oppe i våningen och *det* våga jag inte nämna för då tror jag min själ inte att han släppt in oss. Emellertid gick vi *mycket* tyst oppför trappan och in i köket, det är ett stort och flott och rymligt kök. Och i första början tror jag inte vi direkt störde nån. Emmerich tassa omkring och plocka med flaskor och glas, jag tog fram konserver ifrån spiskammaren och Ludvick bröt burkarna. De va bara billiga saker de hade och somliga burkar verka så gamla så de va nog hamstrade under kriget. Häradsskrivaren stod och pyssla med en sån där modern elektrisk apparat som hackar och maler allt och rätt som de va så fick han fart på kvarnen och där blev ett gnissel som inte kan beskrivas, det var så det isa i ryggbastet. Emmerich blev som en äggsjuk höna, det tog en liten stund innan han hitta kontakten och kunde stoppa djäkelskapet. Tibast är ju den verklige humoristen och det visa sej att han hade stoppat ner en fyra, fem obrutna konservburkar i apparaten och min själ var inte det hela en enda gröt med plåt och allt. Småningom börja vi äta och där va rikligt med både brännvin och bier och groggvirke och annat, det erkännandet ska Emmerich ha. Men när vi kom till halvan så stämde häradsskrivaren opp och sjöng; han har vatt studentsångare en gång i tiden och till och med vatt erbjuden plats på Operan så han sjunger bra. Han sjöng så det runga i huset och det va kanske inte så lämpligt eftersom det ju va sent. Det va en rent ny snapsvisa med åtskilliga versar i. Vi hörde hur det smällde hårt flera gånger i en dörr inne i våningen och då hände något oförklarligt: Emmerich börja sjunga med, han nästan överrösta häradsskrivaren. Ögonen såg rent vansinniga ut på honom, det va väl nervositet eller desperation eller va det nu heter. För när visan va slut så tog han en tallrik och smäckte den i golvet så den gick i tusen bitar. Tjo, mina älskade bröder! skrek han så. Till sist fick vi fram ett stort fat med kalla, stekta spättor och de smaka riktigt bra, tyckte vi. Ett par supar svängde vi i oss till fisken men sen stanna vi inte länge, det va liksom nåt kusligt med Emmerich och tallriken och hans tjoande. Ett par slänggroggar blev det i alla fall, på stående fot vill jag minnas. Så gick vi.

Ja, Emmerich fick väl sitt i natt men i jåns fick jag va jag tålde. Här ska du höra: jag sov i nära två timmar och sen va jag oppe i vanlig tid och arbeta på kontoret ett tag. Så åt jag frukost och så gick jag till barberaren, när jag kom därifrån va klockan tie – nä, låt mej se, en *kvart* över tie va hon. Jag hade ett ärende till torget men jag hann bara ta ett par steg på Kyrkogatan när jag får se Bettan komma emot mej. Hon såg bitsk ut på långt håll och först tänkte jag smita. Men så tänkte jag att det va lika bra att bita i det sura äpplet medesamma – man vill inte direkt stöta sej med Bettan, de är ju mycket förmögna och så. Jag va precis utanför blomsteraffären och jag rusa in där och nappa till mej en hög tulpaner och med blommorna i famnen kom jag lagom ut och mötte Bettan. (De känner mej i butiken så de visste att jag betaler va jag tar.) – Jag tog hatten av mej och bocka mej och sa: Passar det med några vackra blommor? Vi har ju den tidigaste vår vi har haft på många år. Och så tackar jag så *mycke* för i natt och för all välfägnaden. Ursäkta oss att vi inte va riktigt tysta, men det är ju vår som sagt. – Hon ögna mej så det kröp i kroppen på mej. – Tysta! fräste hon. Man kunde inte tro det va bildade människor. – (Hon mena säkert Ludvick för han har bara gått i folkskolan och knappt det. Men i grund och botten är han väldigt snäll och hygglig.) – Nåja, sa jag. I varje fall ber jag få tacka för de goda spättorna, bättre har jag aldrig ätit. – Då slog hon till ett hånskratt och skrek så det hördes i hela gatan: Spättor! Oh, Herre Gud! Det va stekt *havregröt* och väl bekommet allihop, svinpälsar! – Därmed snurra hon på klacken och gick sin väg utan ett ord till adjö, hon vicka med stjärten på ett försmädligt sätt. Men blommorna extemera hon för dom tog hon med sej.

Och där stod jag som ett nöt. Det riktigt sökte mej när jag tänkte på hur vi hade benat den förbannade havregröten och spottat ut benen på golvet. Oh! Och så suparna till gröten –.

## Millionären

Oscar G. Jönssons fader höll pantpank i sitt ägande hus nr 3 vid Åttaglasgatan i Malmö. I det huset föddes Oscar och där växte han upp. Familjen bodde i andra, d.v.s. översta våningen och därifrån ledde en spiraltrappa av järn ner till affären. Där nere trivdes Oscar, där lekte han i sina späda år och där följde han faderns kommers med efter hand allt mer stigande intresse. I kontoret hördes tickandet av många klockor och i magasinet inåt gården var luften stark av naftalin. Oscar var vaken och läraktig. Sex år gammal kunde han lägga en klocka till örat och avgöra om det var cylinder- eller ankargång och snart kunde han med osviklig säkerhet skilja nysilver från silver. Pantlånaren såg med glädje och rörelse den lilles färdigheter och ägnade mycken tid åt hans handledning. Han inpräntade i honom att världen är ond och vill bedraga; att allting bör med försiktighet betraktas och skattas endast efter värdet i penningar.

I sinom tid sattes Oscar i latinskolan och skötte sig berömligt där. I andra klassen belönades han med flitpremier: en sparbössa och en Andaktsbok för Gossar. Han sålde boken för femtio öre och stoppade slanten i bössan.

På våren var han framgångsrik i kulspel, hans byxfickor svällde och slets hårt av fångsten. Kamraterna emellan kursade man knivar, pennskrin och annat smått och gott och Oscar drog oftast längsta strået. Han hade fallenhet för geschäft och visste byta till sig sju för tu. I femte klass gjorde han sig goda kontanta inkomster på brevduvehandel. Han handlade med *en* duva. Han hade kommit över en flaska hårvatten och med det fuktade han fodersäden. Snart föredrog duvan den födan framför allting annat och blev Oscar blint tillgiven; hur ofta han än sålde henne så återvände hon snabbt till hans duvslag.

I gymnasiet fick han en knäkamrat med samma förnamn och både lärare och kamrater började kalla vår Oscar OG. Signaturen följde honom till akademien och vidare ut i livet. En kamrat till honom från skoltiden sade en gång på tal om denna tid: OG stal inte och veterligen gjorde han aldrig nånting i sträng mening brottsligt men han hade en kuslig förmåga att slå under sig andras egendom. Han hade också lätt för att lära och var väl ofarligast när han tillägnade sig andras kunskaper. – Det skulle man få se!

Efter mogenhetsexamen skrevs OG in vid juridiska fakulteten i Lund. Han fortsatte att bo och äta i hemmet och hans studier blev därför inte så dyrbara. Från början fascinerades han av strafflagen och isynnerhet av den del som handlar om förmögenhetsbrotten. Han följde med iver den smala, slingrande men ändå skarpa gränsen mellan orätt och rätt. Det är gott att veta vad man får göra, vad man bör underlåta; samvetets röst kan föra vill men lagen är strikt och det som inte straffas måste vara rätt och tillbörligt.

Han gick på professor Knut Wicksells föreläsningar i nationalekonomi och en dag hörde han professorn säga: Ibland hör man även ansedda och sansade nationalekonomer tala om vådan för ett litet, fattigt land av att skuldsätta sig för mycket. Sådant tal är nonsens. Faran är inte att *låna* för mycket, faran ligger i att *låna ut* för mycket. – Orden svetsades fast i OG:s sinne och redan samma dags kväll delgav han fadern den nya läran; men han generaliserade, talade inte om länder och riken utan höll sig till grundtanken: Det är inte farligt att låna pengar, det farliga är att *låna ut* dem. Den gamle pantlånaren anammade professorsorden som ett budskap från eviga sanningars källa, han tryckte sonen till sitt bröst och grät av glädje.

OG ville inte bli nationalekonom, han stod sig själv närmast och falkade efter lönande affärer. Han begrundade det faktum att hushyra betalas i förskott men inteckningsränta i efterskott; enbart detta betydde en viss säker vinst; *om* man nu ägde tillräckligt många hyreshus, *om* man struntade i husens underhåll – så borde det åtminstone till en tid ge goda pengar. Tänkt och gjort! Innan han ännu var myndig ägde han sex fastigheter i Malmö och en i Lund. Hans hus var intecknade till skorstenarna och köpta utan kontanta utlägg. Helst valde han hus med hantverkare som hyresgäster. Sakta pressade han upp hyrorna och slog dövörat till för tal om reparationer. Hyresgästerna svor men hjälpte varann att snickra, måla och tapetsera när en lägenhet blev alltför ruskig.

OG tog sin examen och lät trycka sina första visitkort: Oscar G. Jönsson – Hofrätts e.o. Notarie. Han ägde nu ett tjogtal fastigheter enbart i Malmö och rovdriften lönade sig allt bättre. Han hyrde ett krypin till kontor – i sina egna hus vågade han inte visa sig – där han ostört kunde arbeta om kvällarna. På dagen bevakades kontoret av en analfabet, kallad sekreterare; en stendöv gubbe som med jämnmod och tomt stirrande ögon uthärdade de förbannelser varmed rasande hyresgäster överöste honom.

Kom så olyckans år 1907 med den stora finans- och byggnadskrisen. Kreditiven sades upp, bankerna tog in sina fordringar i den mån det gick, nya lån fanns inte att få ens hos ockrarna. Byggmästare hade förbyggt sig och stod på näsan till höger och vänster, taklagskransar vissnade på taklösa byggen; nya, fina hus stod tomma och det blev en hyresgästernas marknad. OG:s hyresslavar var bland de första som flydde och sökte sig annat och bättre ly. Hans inkomster sinade och snart torkade de in helt; emellertid löpte inteckningsräntorna och växte i takt med klockan. I sin nöd vände sig OG slutligen till fadern. Men pantlånaren förhärdade sitt hjärta, parerade framstöten med wicksellska läran och vägrade att öppna pungen.

Det var vanskligt att äga en enda toppintecknad fastighet, att äga många sådana var katastrofalt. På sommaren 1908 var OG kvitt *de* bekymren. Hans fastighetsimperium fanns inte mer, alla hans hus hade sålts på exekutiva auktioner; kvar stod en massa nödlidande inteckningar som skriade på betalning. Enligt OG:s egen, försiktiga beräkning uppgick hans skulder utan täckning till omkring 400 000 kronor. Av lös egendom ägde han jämnt vad han gick och stod i, det framgick av talrika utmätningsprotokoll.

OG misstänktes för allsköns fiffel och borgenärerna ville få honom till boks att svära på staten. Det var gamla konkurslagen som gällde och enligt den kunde en tredskande gäldenär – om han inte var bokföringsskyldig; och det var OG i lagens mening icke – tvingas till cession endast om han visades sakna utmätningsbara tillgångar. Och i den vägen fanns rörande OG över nog med stämplade papper.

I början på september kom Sydbankens konkursansökan. Men OG visste att rätt bruka sitt juridiska kunnande och hade i god tid tagit sina fintliga mått och steg. Han mötte i rådhusrätten och bestred bankens ansökan. Visst hade han tillgångar. Det styrkte han med ett lagfartsbevis på en tomt om hela fem tunnland och bevis dessutom att den var gravationsfri. Man nagelfor hans papper, de var i ordning. Stamfastighetens namn verkade mera finskt än svenskt och mycket riktigt hörde den till Enontekis lappmarks tingslag och var belägen på omkring 69° nordl. bredd. Taxeringsbevis rörande tomten saknades. Vad den kunde anses värd? frågades det. – Kanske millioner, svarade OG blygsamt och viskade några hemlighetsfulla ord om malmfyndigheter. – Konkursansökan avslogs varpå banken genast begärde lappmarkstomten i mät. Lagens maskineri kom långsamt i rörelse: till en början måste tomten beskrivas och värderas. Det var full vinter i lappmarken och först efter långa förberedelser utgick mot nordväst från Karesuando en expedition med länsman och lantmätare i spetsen. De två ledde en hel karavan: en massa samer med en mindre renhjord; akjor och båtar lastade med proviant, med bränsle, med tältdon; ett antal tränade bärare; ett par vägvisare och spåmän. Man hade många, många mil över obanade vidder framför sig. Efter sex veckors härdande strapatser återvände expeditionen och det tog länsmannen fjorton dar därtill att författa kostnadsräkningen som gick på något över elvatusen kronor. Förrättningsinstrumentet blev mycket lakoniskt: det hette att terrängen syntes jämn och välägnad för olika ändamål; det fanns ingen taxeringsnorm att gå efter och skönsvärderingen av tomten slutade på tjugofem riksdaler. Så togs tomten i mät och handlingarna gick till

Sydbanken som måste betala fast det sved, dock knorrande över att det inte getts ett förhandsbesked om kostnaden, t.ex. i form av begäran om lämpligt förskott. Länsman svarade kort men artigt att banken var betrodd. Man skred nu till försäljning av OG:s tomt, förfarandet kostade ju en spottstyver mot det föregående. Och vid norrskenets bleka ljus hölls en dag exekutivauktion i tingshuset i Karesuando. En talrik menighet höll sig respektfullt tyst. Ett enda bud avgavs och klubbfästes, det var bankens och översteg med någon krona lägsta antagbara (som var lika med samtliga kostnader).

Sydbanken inställde vidare aktion men unnade gärna konkurrenterna ett tjuvnyp och omgav därför det misslyckade experimentet med all banksekretess. Med följd att tre andra banker – Nordbanken, Skandinaviska och en sparbank – i tur och ordning sökte sätta OG i konkurs. De tres försök slöt med samma negativa och kostsamma resultat som Sydbankens. OG hade många papper i kappan och varje gång värjde han sig med ägobevis på en ny tomt i området högt ovan polcirkeln. Dädanefter lämnades han i fred.

OG försvann från Malmö och hans verksamhet fram till första världskriget är höljd i dunkel. Själv påstod han senare att han i ett par år hade praktiserat i en bankirfirma i Köpenhamn. Man vet inte hur det gick bankiren och hans firma. I juli 1914 sågs OG en gång som hastigast åter i Malmö, i American Bar på Baltiska utställningen.

Kriget bröt ut och tyskarna insåg fort nog att det inte skulle bli den enkla militärparad man hade räknat med; det gällde att tänka på landets försörjning. Exporten på Tyskland av livsmedel från Danmark och Sverige kom igång och antog stora proportioner. För en man som OG öppnade sig oanade möjligheter. Han etablerade sig i Köpenhamn som exportör av slaktdjur, kött och fläsk och organiserade ett nät av uppköpare som visiterade lagårdar, kättar och stior. De köpte allt som var till salu. Pengar på bordet och inget knussel, Tyskland prutade inte. Småningom tillkom exporten av saltkött på fat, snart kallat gulasch och avsett för tyska armén. Saltkött! I själva verket en ryslig aladåb av komagar, halvflådda oxsvansar, dödfödda kalvar, borstiga fläsksvålar. I gulaschbaronernas krets kom OG att intaga ett framträdande rum.

Före jul 1914, innan ryktet om hans lysande affärer nått över Sundet, gjorde OG ackord med malmöbankerna: tio procent plus kostnaden för de fyra lappmarksauktionerna. På nyåret bosatte han sig i Malmö och förlade huvudkontoret dit. Hans agenter började svärma över Sydsverige, rader av godsvagnar med hans varor rullade till Trelleborg och färjades vidare därifrån. Vinsterna hopades, hans bankkonton svällde.

Våren 1916 ansågs OG med säkerhet värd ett par, tre millioner. Den dansk-svenska exporten var alltså inte att förakta – men materialet började tryta. OG fasade för dött kapital, han ville se sina pengar i fruktbärande rörelse och hade nu vida vyer. Efter upprepade besök i Berlin inledde han de verkligt stora affärerna. Hans egna medel räckte inte långt men bankerna gav blancokrediter och efter starten blev det dokument att negociera. Han köpte amerikanskt fläsk och späck, tusentals ton i stöten fob amerikanska ostkusthamnar. Där befraktade han fartyg för egen räkning och destinerade dem till hamn på svenska ostkusten. Trafiken pågick i ett halvår och han hade fått över fyra laster när ententekontrollen vaknade och slog till: man fann att OG:s fartyg aldrig nådde destinationsorten. Utanför Falsterborev prejades och uppbringades de osvikligt av tyskarna, fördes till Kiel och dömdes bort av prisrätten med last och allt. OG hade givetvis försäkrat både last och vinst och hölls skadelös av assuransbolagen och i sista hand svenska staten. (Ingen anade att också tyskarna betalade det kondemnerade fläsket till OG och det efter en värdering som regelmässigt översteg försäkringssumman.) Förgäves sökte OG förklara hurusom tyska jagare och u-båtar kunde ha särskild näsa för just *hans* båtar. Han svartlistades av engelsmännen och därmed hade de transatlantiska affärerna sett sin tid.

OG:s exportkommers var på upphällningen men helt upphörde han aldrig med varutransaktioner. Han hade i god tid köpt upp mässingskrot och låg med nära 1 500 ton i lager, det höll han på tills tyskarna tog rasket för rena fantasipriset. Han kom över ett patent att göra kreatursfoder av papperslump och tallbark. Kemisterna svor på patentet och Tyskland övertog det för en rund summa men fick anledning till missnöje: de satans kreaturen vägrade äta fodret. Så sent som 1918 köpte OG – jämsides med det olycksaliga AB Svensk Import – stora partier kobbekött (säl) från Baltikum. Köttet levererades till svenska armén och knektarna lärde sig att tran lyser bättre än den smakar.

Den gamle pantlånaren stängde butiken (på OG:s bestämda order) och blev kontorschef hos sonen mot rundligt tilltagen lön. Därmed hade OG en gårdvar för sin kassakista och en förslagen tjänare som inte skvallrade och som visste skilja på det visliga och det hemliga i ett mångdubbelt bokhålleri.

Frånsett mat och dryck hade OG hittills varit rätt enkel i sina vanor. Men när det amerikanska fläsket hade femdubblat hans förmögenhet kände han rikedomens förpliktelse. Han köpte Gyllevads gods och lät NK inreda och möblera slottet i möjligast äkta Louis XVI samt smycka det med stilenlig konst; i Malmö bodde han i villa vid Limhamnsvägen och höll dessutom en elegant *pied-à-terre* i Köpenhamn och strandvägsvåning i Stockholm; två bilar och privatchaufför garanterade honom snabb förflyttning om behövligt.

Han såg grundligt över sin garderob och vårdade sin yttre person med all omsorg. Han var fet av vällevnad och magen svällde under den stramande västen; den röda hakan och de skära, runda kinderna var friska av luktvatten, den ljusa mustaschen välfriserad, håret pomaderat och i nacken benat ända till den lätt blånande valk som skavdes av stärkkragen; de listiga grisögonen plirade under vita bryn. Han förde spanskrör med gedigen guldknopp och gick mestadels i jackett och skodd i lack och vita damasker. Till frack bar han en tysk förtjänstorden, dock icke Pour le mérite.

OG hörde till det Malmö som syntes. Han hade stambord på Kramer och Savoy och var flott värd för affärsvänner, yngre officerare och balettflickor som på kvällskvisten budades från Hippodromen. Man beundrade hans manschettknappar av guld med sköldsida i form av en duva med öga av rubin. – En brevduva! förklarade OG. – Hur ser man det är en brevduva? – Jag *vet* det, svarade han med något som nästan liknade vemod. – Emellertid smällde korkarna, man drack de bästa viner och valde maten kräset à la carte. På krogen trollades allting fram enligt OG:s infall och önskningar, trots kristiden; hans plånbok talade sitt mäktiga språk. Hans tunga guldetui gick laget runt, laddat med havannor av märket OG, egen import.

Orkestern tog upp Du gamla, du fria (Marseljäsen och Deutschland var bannlysta av polisen). Alla i lokalen reste sig, plötsligt tysta och allvarliga, med höjda glas. Unison sång. Mitt i det glädjerika skööna blinkade OG åt hovmästaren, signalerade med vänster ögonbryn: nachspiel i festvåningen! Klockan slog tolv, ljuset skruvades ner. Leve fosterlandet! Hurrarop och bottenfockar. Livet var ett enda leende – eller kanske ett gapskratt.

Fondbörsen bjöd en lockande tummelplats för OG:s millioner. Han kände sig för med smärre affärer på kort sikt, de lyckades över förväntan. Mäklare och bankmän drogs till hans gästfria bord och han hörde uppmärksamt deras tal om marknadsläget, deras profetior. Han skaffade börslistor för sista halvåret och farsgubben sattes att göra kurstabeller. Efter studier i dessa gick OG in i det stora spelet, lyckosamt opererande på stockholms- och köpenhamnsbörsen. Nu var framgången länge given för aktiekurserna var mestadels i ständigt stigande. Det var storleken av OG:s transaktioner som väckte uppseende och ryktet överdrev hans vinster (som sannerligen var stora nog). Med likvida millioner bakom sig och öppen bankkredit kunde OG i viss mån efter lägenhet påverka kursen på de papper som intresserade honom. Och efter hand framstod han som ett orakel i börsfrågor, man avlyssnade och följde hans minsta vink; men ett farligt orakel var OG, det fick en och annan erfara: när han köpte sade han sälj! åt andra – och tvärtom. Som en vaksam rovfisk rörde han sig i ett stim av äventyrliga bankmän, spekulanter, fondmicklar, skumma bankirer.

I augusti 1917 bjöd OG fyra bankdirektörer på resa till

höga norden, det var de fyra som hade svett fingrarna i konkursaktionen mot hans lappmarkstomter. Han var sen länge bästevän med bankherrarna, inget groll stod kvar. Nu skulle de med egna ögon få se det ryktbara tomtområdet och OG själv var inte minst nyfiken. Från Malmö rullade ett extratåg norrut: en sovvagn, en kombinerad salong och restaurang, en finka med bagage och proviant. Det blev en lång resa men tiden gick fort under muntra libationer. OG regerade tåget, mitt i natten kunde han dra i nödbromsen och ordinera punsch från isboxen i finkan. Livets nödtorft var tillgodosedd: starkvaror av finaste märken, champagne, röda och vita viner; rysk kaviar, rökta laxar, ål i gelé; och böhmiska rapphöns, skinkor och fårbogar.

I Övertorneå var järnvägens ändpunkt och resan fortsattes i båt uppför älvarna till Karesuando. Där var allt förberett och åter drog en karavan mot nordväst. Länsman var inte med nu men lantmätarn med stakar och instrument: ett folkuppbåd sörjde för transporten av proviant och annan nyttighet. Dagarnas hetta var svår och vandringen mödosam. De fem herrarna såg ut som spöken i sina myggnät som snart perforerades av cigarrglöd. Den ene bankdirektörn vägde hundra kilo och hade klena ben, åtta samer bar honom över myrarna i en stol som riggats under två stänger.

Så stod man en dag på stranden av ett blånande vatten, en nästan rund sjö med omkring en mils diameter. Lantmätaren fann ett röse i vattenbrynet och ett rör med tjänstesignaturen. Här var platsen! Samerna förvånades: här borde inte vara vatten, även de äldsta bland dem svor på det. Men värmen förklarade saken, lappmarken hade aldrig känt en så het sommar; för första gången i mans minne gick den namnlösa sjön öppen. Lantmätaren kontrollerade positionen och i pejlskivan fick han sen in en fjälltopp i rättvisande väst. Så började han vinkla och beräkna, rådfråga kartor och protokoller. Till slut slog han ut armarna i en välsignande gest över vattnet: det var tomtmarken, inget misstag var möjligt! OG hade lagfart på en sjö. Först allmän häpenhet, sedan stora löjen och skrattsalvor som fort dog ut i den tunna luften. Åttitvå tomter! sade OG triumferande till direktörerna. Ni ser jag hade svaromål i reserv.

Sällskapet kom hem till Malmö med en reseskildring som gjorde lycka.

Fram på hösten gjorde OG sitt genistreck med Assuransbolaget Krig och Fred, även kallat Bellpax. Han tecknade ensam grundfonden om två millioner, hyrde en landshövding som styrelsens ordförande och uppvaktade Försäkringsinspektionen. Det gick frossa i ämbetsverket när man såg hans förslag och rysande slog man ifrån sig. OG for raka vägen till Köpenhamn, där registrerades bolaget och dess prospekt spreds över Skandinavien. Planen var enkel:

Kriget måste få ett slut inom överskådlig tid, alla var ense om det, frågan var *när* freden skulle bryta ut. (Med kriget avsåg Bellpax striden mellan ententen och Tyskland-Österrike, Ryssland räknades inte längre; med fred menades fientligheternas inställande och inte det formella fredsslutet.) Bellpax åtog sig risker av alla slag: på aktie- och valutabörsen, på varumarknaden, på terminsaffärer i New York och Buenos Aires. Det fanns spekulanter (grupp A) som såg sin vinstchans i ett fredsslut redan 1918; andra (grupp B) baserade sina möjligheter på krigets fortgång åtminstone in på 1919. Bellpax sade: uppgiv er beräknade vinst eller högsta förlustrisk och vi betalar summan när villkoret har uppfyllts – inga frågor från vår sida och ingen utredning om reell vinst eller liden förlust. Fred 1918 och vi betalar grupp B – fortsatt krig och grupp A lyfter sina pengar. Försäkring måste tecknas senast den 1 mars 1918: skynda på och försitt inte tiden. Premien var 60% av assuranssumman och alltså svindlande hög – men profitörernas vinst- och förlustchanser var äventyrliga därefter. Och, mycket viktigt: Bellpax ställde bankgaranti för alla åtaganden. – Man frågar sig hur detta var möjligt. Jo, OG vände sig till chefen för en storbank och mot skriftligt löfte om full banksekretess avslöjade han det innersta, det geniala i sin plan: man skulle väga grupp A mot grupp B och se till att de två alltid balanserade varandra. Ingen risk – och bolagets vinst matematiskt given! Bankdirektören förbluffades av det enkla tricket men erkände fort att affären var sund och säker. Han togs in i Bellpax' styrelse och fick full insyn i och kontroll över rörelsen; firman tecknades blott av honom och OG i förening och varje polis måste underskrivas av dem båda. Bankgarantin var ordnad. Försäkringstagare strömmade till i växande skaror, det fanns t.o.m. de som såg Bellpax som ett lotteri och tecknade assurans för helt fiktiva affärer. Verksamheten blev omfattande och OG slog en tid upp sitt högkvarter i Köpenhamn.

I november 1918 slöt världskriget med Tysklands kapitulation. Bellpax honorerade promt sina förbindelser till grupp B och innan året var ute gick bolaget i likvidation. Det anses att OG på den affären tog hem ett netto av omkring tolv millioner kronor. Starkare än någonsin fortsatte han sina börsoperationer i än större skala.

Emellertid hade OG i mars det året måst ägna någon

tid åt andra bekymmer än de egna.

Han hade en ung systerson, Simon Ottosson, som var kassör i Bankirfirman Panta Rei, Jackson & Co i Malmö, grundad 1916 e.Kr. Simon hade lånat i kassan en längre tid och insåg slutligen att svindeln skulle bli uppenbar, om inte förr så vid revisionen i april. Sistlidet år hade han med nöd slunkit genom kontrollen. Men en gång till – omöjligt! Han satt uppe en hel natt och kalkylerade bristen och hur han räknade kom han inte under femtiotusen. Han svettades i ångest och förtvivlan. Var det verkligen så mycket? Han räknade på nytt och som sifferkarl måste han tro på siffror.

Morbror OG var mångmillionär men Simon var rädd för honom som för fan själv. Hellre faster Alma! – Alma Jedriksson var syster till Simons farfar och nu en nittioårig fröken som hade gnidit ihop en förmögenhet på en mindre manufakturhandel. Lätt blir det inte, tänkte Simon. För faster Alma var andligt sinnad, gudsnådlig i högsta grad och med sin umgängelse där ovan; hennes snikenhet var notorisk och groteskt parad med ett munnens förakt för det timliga.

Simon kom till faster och bekände under tårar sitt brott och bad om hjälp. Faster Alma brast också i gråt. Hon sträckte sig på tå för att klappa honom på huvudet, sägandes: Stackars, stackars Simon! Visst vill jag hjälpa honom, bara han ångrar sej och ödmjukar sitt sinne inför Gud. – Simon snyftade och blötte sin näsduk, hans förkrosselse var stor. – Om våra synder än äro blodröda – – –, mässade gumman. Låtom oss bedja! – De föll på knä framför symaskinen. Hon mumlade böner men Simon led ett martyrium av en hasselnöt under den tunna trasmattan, han hade nöten under ena knäskålen och vågade inte lirka med benet. De reste sig efter en evig tid och styrkt av bönen tycktes fastern handlingskraftig och såsom ung på nytt. Hon log uppmuntrande, omfamnade Simon och talade: Jag har hört Guds röst. Nu ska Simon ta sitt straff och jag går med honom till polisen så blir det inte så svårt. Han ska få med sej både bibel och psalmbok i cellen och många andra skrifter till tröst och uppbyggelse. Och när Simon sen kommer ut rentvådd så lovar jag att skaffa honom ett hederligt arbete om det än inte blir nåt fint.

Så tryckte hon munnen mot Simons öra och viskade (och han kände hur hon blev het som av feber): Om Simon har några pengar i behåll – och det har en väl när det rör sej om såna summor – så ska Simon lämna mej de pengarna – den här skojarfirman Jackson använder bara Guds gåvor till synd och flärd, det har en hört – som sagt lämna mej dom, så sätter jag in dom på min bok – och så när Simon blir fri så får han lyfta pengar hos mej, i poster eftersom det behövs, av kapitalet menar jag – det kan va gott med en slant för den som inte har sitt medborgerliga förtroende. –

Simon bröt sig ur gummans armar, vit som ett lärft av äckel och besvikelse. Han mådde verkligen illa och när han gick sin väg kräktes han på den broderade puffen i förstun.

Med fruktan och utan större hopp gick Simon samma dag till OG:s kontor. Innan han visades in till den mäktige fick han antichambrera en timme som gjorde honom så mör och osäker att han skakade. OG bjöd på havanna och Simon drog ett oförsiktigt halsbloss som nära nog kvävde honom. När han hämtat andan började han prata om släkt och vänner för att kringgå heta gröten.

OG vrok sig baklänges i svängstolen, blåste rökringar

och tittade i taket med halvslutna ögon, förstrött lyssnande på Simons snack.

Simon gick på: från släkten till väderleken och vårutsikter, därifrån till bränslebristen och så spritransoneringen som var ett säkert ämne – två liter i kvartalet, va! – snart bara en kanske –

– Ditt ärende! avbröt OG.

Det rörde sig om löneförskott i firman, stammade Simon fram. Förskotten hade blivit väl stora, det erkändes, och saken måste på något sätt ordnas. Om morbror ville ge honom ett lån, en tillfällig handräckning –.

– Du har knyckt i kassan, sade OG brutalt. Tala rent språk! Hur mycket rör det sej om?

– Lite över fyrtiofemtusen, kanske närmare –

– Säg femtitusen medesamma och hymla inte! Du vill gömma lite, som du hoppas klara själv – va? Det är det vanliga – men en förbannat dålig taktik.

Simon fick tupp i halsen och nickade ett stumt erkännande; och så kom det, hest, halvt hörbart:

– Snälla morbror Oscar, hjälp mej! För morbror kan ju femtitusen inte spela så stor –

– Hjälp dej själv så hjälper dej Gud. Se på mej!

– Jag har bett faster Alma, sade han resignerat.

– Va!? Det var som fan, flög det ur OG som med ens kom på bättre humör. Där fick du manna, kan jag tro. Bot och häkte och försoning och till sist en million i himmelen. Inte sant?

En stund satt han tyst och stilla, tvetydigt leende, sakta rullande sin havanna mellan fingrarna. Som väckt ur en dröm ryckte han till och spottade ut en fråga som kom Simon att tro sig hörselvillad. OG måste upprepa: Kan du ta femtitusen till?

– Ta fler pengar, det menar morbror inte. Det blir ju bara ytter värre.

– Du kan inte strafflagen, min gosse. Femti- eller hundratusen smäller lika högt – eller rättare sagt: länge. Hehehe! Förresten kvittar det dej med en månad mer eller mindre, det är skammen du är rädd för och ingenting annat. Kan du få lika mycket till under naglarna utan att det märks medesamma så kom till mej med pengarna; obs! kontant, i sedlar – men inga tusenlappar. Då *tror* jag att jag kan klara biffen för dej.

Tre dagar senare lämnade Simon de femtiotusen till OG som kastade in dem i sitt kassavalv och därpå gick till Panta Rei, Jackson & Co. Där gjorde hans besök uppståndelse, direktör Jackson själv skyndade till och Mammon slussades med vördnad in i det väl isolerade chefsrummet. OG kastade spanskröret på skrivbordet så att guldknoppen spräckte glasskivan. Så sjönk han ner i en läderfåtölj; slog tillbaka sobelpälsen och blottade det bländvita, bomberade skjortbröstet med gnistrande knappar. Han var magnifik.

– Jag råkar ha en systerson som är anställd här, började han. Simon Ottosson.

– En utmärkt ung man, betygade direktören, skötsam och plikttrogen. Vi har just övervägt en mindre löneförhöjning.

– Sakta i backarna, sade OG. Han har förskingrat hundratusen ifrån er.

– Det är väl inte möjligt! förskräcktes den andre. Jag vägrar att tro det. Simon Ottosson! Han verkar ju hederligheten och plikten själv och –

– Det måste en svindlare för att lyckas.

– Jag kan fortfarande inte tro Ottosson om detta.

Ända sedan min firma startade –

– Tro och tro! ingrep OG och reste sig. Revidera kassan och kom sen till mej innan ni går till polisen.

En snabbrevision hos Panta Rei, med Simons tårfyllda hjälp, avslöjade att han inte hade ljugit på sig själv: hundratusen saknades. Direktör Jackson skyndade till OG:s kontor, förväntansfull trots olyckan och inte så litet smickrad av ett mellanhavande med börsmatadoren som måste kallas förtroligt.

– Tyvärr visade sig notariens misstankar fullt riktiga, inledde han. Det är för sorgligt det hela. Men historien ska inte komma ut, det garanterar jag; för jag förstår att notarien vill ordna saken, för familjens skull.

OG skrattade cyniskt:

– När man heter Jönsson behöver man inte göra nåt för namnets skull. Men jag kunde ändå tänka mej en ordning för att ge pojken en ny start, man får väl hoppas att han tar varning av det inträffade jag bjuder er 25% kontant.

– Aldrig! skrek Jackson, upprörd av rikemannens fräckhet. Aldrig i tiden.

– Stopp ett tag! Tiden blir i varje fall kort. Som sagt: 25% på villkor att Ottosson får generalkvittens och ett betyg med goda vitsord. Och så ska jag ha pengarna tillbaka om ni bryter ert löfte och gör polisanmälan.

Jackson satt förstummad. OG tryckte på en knapp och befallde in en ifylld check på tjugofemtusen kronor. OG signerade checken, krokade loss sitt briljanterade repeterur och lade det på skrivbordet:

– Tänk noga efter, direktör Jackson! Mitt anbud står fast i jämnt fem minuter, inte en sekund längre. Take it or leave it! Jag är lika glad vilket.

Jacksons blick irrade mellan klockan och checken och

innan fristen var ute hade han accepterat ackordet. Kvittens och betyg skrevs efter OG:s diktamen och de båda gentlemännen skildes under försäkran om ömsesidig högaktning.

OG avbröt den ödmjuke Simons tacksägelser när denne om någon timme stod inför honom:

– Inga ord till tack. Du kan bara tacka mej genom att visa dej värdig mitt förtroende. Glöm aldrig att ärlighet varar längst! Och här har du en check på tiotusen till att börja ett hederligt liv med. En cigarr? Stoppa mans på dej ett par stycken!

Hushållningen i denna kristids Sverige är ett mörkt kapitel. Förråden av livsmedel, animala och cereala, råvaror som finprodukter, hade barskrapats och istället kom ett överflöd av tyska pengar. Men pengar kan inte ätas. Man litade på importen västerifrån som dock stryptes allt hårdare tills den upphörde nästan helt. För sent fattade de styrande att nöden stod innanför tröskeln. Regeringen manade till sparsamhet med det som inte fanns, kommissioner och nämnder tillsattes, ransoneringskort trycktes. Men fördelningen av nyttigheter kom i gång först när litet eller intet var att fördela. Jordbruket måste stimuleras – men hur? Även utsädet hade naggats av exporten, kreatursstammen var hårt reducerad, gödning saknades. Också bränsle tröt: inga kol kom från England och sparade förråd gick till flottan. Skog fanns över nog, det är sant, men transportmedlen sviktade. Den ved som nådde konsumenten hann för övrigt aldrig torka och sura brasor ger mer vatten än värme. Den stora massan, handens arbetare svalt och frös.

Andra svenskar spelade på börsen och med ständigt stigande konjunkturer var spelet farligt tilldragande. Korta affärer, snabba vinster, det var lösen i början. Tredagarsköpen – utan insats – blev populära: en säljorder på likviddagen gav ofta vinst. Efter hand fanns det bättre att ”ligga på papperen” som då belånades till toppen. När så marginalen hade växt tillräckligt var det bäddat för friska tag; nya lån och nya köp avlöste varandra. Det kallades investering i realvärden till skydd mot penningsvärdets fall. För inflationen var uppenbar men skrämde dock inte; sedelmängd togs för välstånd och en magisk tanke satt i såsom ärvd från moderlivet: att en hundralapp alltid är en hundralapp. – Börsfebern grep omkring sig som en smitta och bankerna lade hyende under sjukan med hart när obegränsade krediter. Alla stånd och klasser var företrädda i profitörernas skara: grevar, generaler och subalterner; höga klerker och överåriga dödgrävare; grosshandlare, nykreerade direktörer, ämbets- och tjänstemän, studenter, kypare; bönder med stora pengar från en liten skörd. Kontorsanställda slöt sig samman i börsbolag såsom de numera bildar konst- och sparklubbar; yngste bokhållaren och springpojken gjorde metaaffärer. Från hög till låg, alla jobbade de på börsen. Storspekulanterna var en kast för sig och främst av äventyrare ledde OG dansen kring den gyllene kalven.

Ett rykte spreds att Kväveindustri hade köpt femton ton emballage. Det var ett tecken att bolagets produktion äntligen skulle börja och aktierna tog ett språng uppåt på hundra kronor. OG hade stora intressen i Kväve och passade tillfället att sälja ut. Det lär ha varit hans sista vinstgivande affär. – OG:s förmögenhet låg i skillnaden mellan enorma tillgångar – i aktier mest; men även i olika valutor, varav mycket tyska mark – och enorma skulder.

Tysklands nederlag satte skräck i somliga och väckte

andras hopp. Affärerna stagnerade, men bara en kort tid och så var rörelsen åter i gång, en viss optimism kunde t.o.m. spåras. In på 1919 stod börsbarometern fortfarande på vackert men drog sig småningom i vacklan och ryck ner till ostadigt. Ovädersstecken syntes, åskan började mullra, i fjärran än men fullt märkbart för de lyhörda. En första storskräll: Privatbanken i Stockholm gjorde konkurs och direktören sattes på Långholmen. 1920: Barometern sjönk till kuling och till storm vad det led. Bankdirektörer blev bleka om nosen och deras tal var inte längre ja ja utan nej nej.

OG hade noterat stora förluster på tyska mark och hans likvida medel sinade och tog slut. Han realiserade mäktiga aktieposter och förde sitt minus i ny räkning men var besluten att till det sista hålla på bl.a. Gränges, rederi- och bankaktier. Och i sin blindhet sökte han genom stora köporder stödja kursen på vissa omhuldade papper. Det skulle han aldrig ha gjort.

Kom så årsskiftet 20–21 och den förskräckliga våren. Barometern stupade till jordbävning, lägsta strecket, därunder var tomhet och intet. Panik och kaos på börsen. Tvångsförsäljningar bidrog att pressa kurserna i botten. Ve och jämmer, konkurser, självmord och allsköns olyckor. Groteska ting kom i dagen: en massa människor hade köpt Baltic i tro att det var ett rederi; i själva verket gjorde bolaget (eller rättare ämnade göra) lantbruksmaskiner. Men nu var vantarna i bordet och det var likgiltigt om de var våta eller rostiga. – Handeln avstannade. Priset på trävaror sjönk med 65 à 70% och ändå gjordes få avslut; sågverken tystnade, verkstäder slog igen, halvfärdiga skrov rostade på varvens stapelbäddar; fartyg lades upp och de som nyss hade kostat tvåtusen kronor per ton såldes med svårighet efter tvåhundra. En skriande arbetslöshet följde.

Ännu höll OG till synes näsan över vatten och talade mystiskt om vissa stora placeringar i realvärden (dit aktier inte längre räknades). Emellertid var kolossens lerfötter i kras och bankerna ansåg att öppen konkurs bara skulle öka förvirringen på marknaden, så låg det till.

OG försökte en sista kupp medelst hundra kilo tyska marksedlar: i Leipzig köpte han ett jätteparti handskar enligt prov. Fem godsvagnar fulla kom till Trelleborg och klarerades in, tullfritt. För det visade sig vara vänsterhandskar, uteslutande och allt igenom.

OG drog sig undan till det överintecknade Gyllevad, en trött, missmodig och i grund ruinerad man i den yngre medelåldern. Där dog han inom kort av slaganfall, i april 1922. Sterbhuset gjorde sig hastigt urarva och falissemanget skakade flera av landets penninginstitut. OG:s s.k. realvärden visade sig vara torvmossar, nära hälften av rikets produktiva mossmarker; och torvens tid var förgången för att återkomma först under ett andra världskrig.

Nästan samtidigt med OG avled fröken Alma Jedriksson i sin ålders nittiotredje år. Bägge vilar på den Jönssonska gravplatsen i Malmö. På Oscar G. Jönssons gravsten läses: "Guds Nåd för Kamelen genom Nålsögat" och på Alma Jedrikssons: "Den Gudarne älska dör ung".

Simon Ottosson författade texterna och reste vårdarna.

III.

## Ett prästbetyg

Emil Perennius började sin prästerliga bana som pastor i en landsförsamling och bataljonspredikant vid stadens husarförläggning. När han i sinom tid sökte kyrkoherdeämbetet i Bestebro och Vitebäcks pastorat tycktes han med hänsyn såväl till tjänsteår som övriga meriter väl förtjänt av ett rum på förslaget. Då ärendet föredrogs i domkapitlet yppades emellertid tvivel om Perennii värdighet till prästämbetet: det viskades att han vid ett tillfälle hade berusat sig och uppträtt högst skandalöst på husarernas officersmäss. Frågan bordlades och biskopen åtog sig att skaffa ljus i saken. Han råkade vara avlägset släkt med husarförläggningens chef, major Johan Mauritz Ehrenfinck och skrev nu i all förtrolighet ett brev till majoren med begäran om upplysningar angående bataljonspredikanten. Till svar fick han denna skrivelse:

Högvördige Broder!

I anledning av Högv. Br:s aktade försändelse av den 19:de pto får jag härmed vördsammast anföra följande:

Fullväl inser jag att arga tungor hava orimligen förstorat en i sig själv bagatellartad händelse och åt densamma givit en uttolkning som icke rätteligen låter sig förena med verkliga förhållandet. Detta till den grad att jag alldeles osökt kommer att erinra mig och erkänna sanningen av det gamla ordspråket om skvaller, nämligen att av en liten fjäder varder ett stort ägg. De onda ryktena om pastor Perennius, vilken jag känner som en redbar och plikttrogen underordnad och en sann kristen, hava utan tvivel satts i svang av någon eller några personer som se sin fördel i att skada honom.

Till en begynnelse tillåter jag mig att fästa Högv. Br:s uppmärksamhet på trenne särskilda punkter. Pro 1.0 att den anmärkta händelsen inföll för snart nog tre år sedan och därföre bort vara överlämnad åt glömskan. Pro 2.0 att den alldeles icke inträffade på sjätte Söndagen efter Påsk, d.v.s. Söndagen närmast före Pingsthelgen; nej, icke på någon som helst söndag, i det ingen druckenhet kunde förmärkas hos pastor P. förrän efter midnatt eller på måndagen. Pro 3.0 att den tilldrog sig icke på Officersmässen utan i min ungkarlsbostad, vilken av varje rättänkande människa måste erkännas vara en fredad och högst privat plats.

Jag övergår nu till en mera detaljerad redogörelse.

Då jag sagda Söndag, eller den sjätte efter Påsk, på eftermiddagen infann mig på Officersmässen, fann jag densamma lika tom som bataljonskassörens kassakista. Mina skvadronchefer och subalternerna voro farna på bal till en herrgård i grannskap av staden och jag erinrade mig för sent att jag t.o.m. – kanske något reglementsvidrigt, det tillstår jag – givit dagofficeren permission och beordrat äldste fanjunkaren att tillfälligt bestrida hans tjänst. Jag är en man av stränga principer och en av dem är att aldrig supa ensam, eftersom jag håller före att drickande i ensamhet lätt leder till allehanda ont, såsom större omåttlighet än eljest, melankoli m.m. Efter en stund av rådlöshet kom jag att tänka på min bataljonspredikant och sände en ordonnans till denne med bud till middag på mässen klockan fem. Karlen återvände med en biljett från pastor P., vari denne med all skyldig vördnad förklarade sig förhindrad att efterkomma min invit, eftersom han av princip aldrig besökte mässen på sön- eller helgdagar. Själv principfast smickrar jag mig med att städse respektera andras grundsatser, även om dessa strida mot sunda förnuftet eller mina egna åsikter. Jag skickade ordonnansen till pastorn för andra gången, nu med min skriftliga inbjudan till supé i mitt hem klockan nio, ursäktande den sena timman med att min husmamsell måste ha viss tid till förberedelser. Och jag tillade – rättvisan kräver att jag inte förtiger det för min Högv. Br – att pastorn hade att betrakta denna inbjudan som en i tjänsten given befallning.

Pastor P. inställde sig punktligt i min bostad och han bar *icke* uniform eller annan prästdräkt utan uppträdde civilt klädd. Hans bonjour hade sett bättre dagar; detta icke sagt i klandrande avsikt utan blott för att framhäva det han är en man av mycket enkla vanor, i sin klädedräkt såsom i allt annat. Han läste en bordsbön, men så tyst att jag icke uppfattade ett ord av den, varpå vi begynte med ett frugalt sillbord. Pastorn sade sig helt ovan vid brännvin och att döma av hans min, då han nedsväljde en liten kumminsup, förhöll det sig verkligen så. Vi bänkade oss till lax med rhenskt vin och åto därefter lammsadel, vilken vi nedsköljde med några glas chambertin. Steken var, i parentes förmält, så delikat att jag lät inkalla husmamsellen för att mottaga mitt beröm. Pastorn var tydligen mera betjänt av vin än av starka drycker och isynnerhet fäste han sig vid min burgunder, vilken också – sagt utan skryt – är värd uppmärksamhet.

Kaffe och punsch serverades i salongen. Min gäst yppade den tanken, att punsch vore en tämligen förrädisk dryck, och, då jag såg honom nästan motvilligt läppja på sitt glas, *kommenderade* jag honom (i mitt oförstånd!) att göra mig besked. Han åtlydde mig efter bästa förmåga och blev snart något uppmuntrad. Sålunda underhöll han mig med åtskilliga sångnummer, dem han erinrade sig från studietiden i Lund. Jag är icke i stånd att ur minnet återgiva dessa sånger men kan vid min heder försäkra, att de icke innehöllo något som helst liderligt, anstötligt eller eljest opassande. Tiden flydde, och jag minnes att jag hörde klockan ute i tamburen slå tolv. Det var först en stund senare som jag blev varse att pastorn hade bleknat och att svettpärlor trängde fram på hans panna. Emellertid hade han då icke förtärt flera än fem, högst sex glas punsch; troligen var han helt obekväm för starkvaror. I själva verket bad han också att få återgå till chambertin såsom varande en lättare och, i hans tycke, smakligare dryck. Jag villfor gärna hans önskan och lät slå upp en butelj för hans räkning. Vi fortsatte vårt enkla samkväm under samtal om allehanda ting, ömsom skämtsamma och ömsom allvarliga. Plötsligt greps pastorn av en märklig oro: han trodde sig ha försummat bordsbönen före vår måltid. Av mig lugnad på den punkten tömde han sitt vinglas i botten och fyllde det på nytt. Burgundern tycktes att begynna med hava en förmånlig verkan på pastorn. Han fick en högre ansiktsfärg, talade mycket livligt och underhållande och sköt allt emellan verkliga snilleblixtar. Emellertid kunde efter hand en viss trötthet förmärkas hos honom och hans tal blev något otydligt; dock fullt begripligt och detta särskilt då han med ens höjde rösten och äskade mera vin. Min gästfrihet hindrade mig att vägra en så rimlig begäran och jag hämtade i egen person en butelj *bordeaux*, försiktigtvis, drog upp den, satte den för honom och drack honom till.

Jag vet icke vad klockan var slagen, när jag drog mig tillbaka i sällskap med en halvbutelj lätt rhenvin, min sedvanliga nattdryck.

Jag är herre i mitt hus och icke slav under någon klocka ens. Min sunda vana är att gå till sängs, när jag känner mig sömnig, varken förr eller senare.

Vad jag vet är att pastorn då satt i soffan med slutna ögon och så försjunken i djupa tankar att han icke med ett ljud kvitterade min önskan om en god natt.

På morgonen väcktes jag av min kalfaktor, vilken, intagande enskild ställning, anmälde: "Gud bevare Majoren! Pastorn har skurit halsen av sig." Jag kom hastigt på fötter och skyndade in i salongen. Tyvärr befunno sig där före mig såväl husmamsellen som pigan, bägge ytterligt uppskärrade och bestörta.

Jag säger och skriver tyvärr, trefalt tyvärr! Ty vem förmår stämma skvaller i kvinnfolk? Inte ens jag. Vad kalfaktorn angår så skulle jag ha vetat tjänliga medel att hålla munnen på honom.

Icke för en sekund hade jag ju på allvar trott att pastorn burit hand på sig själv, också såg jag strax att all farhåga var opåkallad. Han låg sovande på soffan, ena armen hängde ned till golvet. Han hade råkat stjälpa ett glas rödvin över skjortbröstet, så enkelt var det. Bordet befann sig i ganska stor oordning och en halvrökt cigarr hade bränt ett hål i mattan; det kan hava varit min cigarr lika väl som pastorns. Jag körde ut både fruntimmerna och kalfaktorn och skakade sedan liv i min nattgäst. Han slog upp ögonen och såg sig omkring med förvirrad blick. "Det blev visst litet häftigt i går kväll!" sade jag; i varje fall föllo mina ord ungefär så. Pastorn knäppte sina händer över magen och svarade: "Tacka Gud, att vi ha så vi kan!"

Han sade ordagrant detta, jag kan påstå det, eftersom jag skyndade mig att nedteckna hans yttrande. Detsamma grep mig djupt, ty det syntes mig vittna om en innerlig, gammalluthersk fromhet. Att vinet är en Guds gåva, det erkännes av alla kristna. Men endast ett fåtal inser att det är Hans gåva och vårt tack och lov även i det fall att vi i vårt oförstånd råka missbruka det.

Av min redogörelse lärer framgå att pastor Perennius i slutet av vår meromförmälta samvaro var något rörd av drycker. Men detta har man vågat blåsa upp till en skandal, detta, som i allt tilldrog sig på enskilt rum och icke kunnat väcka någons förargelse!! Därtill är att märka, att det var punschen som knäckte pastorn och att han inmundigade densamma på min uttryckliga befallning och mycket mot egen vilja. Och fullgörande av militär lydnadsplikt bör icke klandras utan tvärtom räknas vederbörande till förtjänst. Skulden i denna sak, om skuld finnes, är *min* och endast *min*.

Ehuru icke därom anmodad vågar jag dock i korthet utlåta mig om pastor Perennii kvalifikationer såsom predikare och då giva tillkänna, att han städse och med nit har förkunnat den rena evangeliska läran. Ingen irrlärighet har någonsin insmugit sig i hans förkunnelse. Om så varit fallet skulle jag icke ha undgått att höra det, ty sådan är hans stämmas kraft att mången kommenderande officer med skäl kunde avundas honom densamma.

En pastor Perennii företrädare i tjänsten, vilkens namn här icke skall nämnas, erhöll ett mera indräktigt pastorat än det, vartill pastorn nu är sökande. Och detta ehuru samme företrädare var känd för att i écartéspel på mässen markera dubbel point mot vad som tillkom honom, så snart han trodde det kunna ske oförmärkt.

Pastor P. har mig veterligen aldrig deltagit i spel med kort eller tärning.

Som pastor Perennii mångårige chef dristar jag mig att till det bästa anbefalla honom hos Gud och människor.

En svärdets man och icke en pennans beder jag äntligen om överseende med de mångfaldiga fel och brister i mitt skrivsätt, vilka äro tillfinnandes.

Riktig- och sanningsenligheten av det ovanförstående betygas under edsplikt å tjänstens vägnar.

Utbedjande mig min Högv. Br:s välv. välsignelse förbliver jag Hans ödmjuke tjänare.*

Major Ehrenfincks utlåtande togs inte till domkapitlets protokoll. Däri läses endast en anmälan av biskopen att han gjort sig grundligt underrättad om pastor Perennii karaktär och hans förhållande i och utom tjänsten och att biskopen kände sig fullt tillfreds med vad han i dessa stycken inhämtat. Perennii erhöll andra rummet på förslaget, provpredikade, fick flertalet röster vid valet och löste kunglig fullmakt på ämbetet. Han beklädde detta till sin död, det blev i hela tjugosju år. Det är ovisst om ryktet om majorens supé och dess olyckliga följder någonsin trängde till det avlägsna Österlen. Det är visst att f.d. bataljonspredikanten under hela sin tid som herde i Bestebro och Vitebäck förde en vandel som var hjorden ett rätt föredöme.

---

* Brevets stavning moderniserad av utg:n.

## Proconsul

Ravstrand är patron Ampels gård. Att den ligger vid vatten hörs strax på namnet och första stavelsen säger dessutom att det är vid saltsjön, för rav betyder bärnsten.

Patron Ampel är nu sextiotre år gammal, gift och har tre barn, alla vuxna och flugna ur boet. Döttrarna sitter som patronessor på andra håll i Skåne, sonen är läroverksadjunkt. Patron Ampels hustru heter Emma och är några år yngre än han. De lever i ett gott äktenskap. Skuggor och dagrar har väl växlat men mest har det varit solsken, molnen har alltid blåst bort. Deras kärlek har aldrig skjutit höga flammor men en stilla glöd hålles levande under årens aska.

Kalle Klockare är sextiosju år fyllda, änkling sedan tre år tillbaka, barnlös. För två år sedan tog han pension. Den är mager men hustrun avkastade mera än tjänsten, hon efterlämnade ett litet kapital, han blev välsituerad. Så vände han klockaregården ryggen och byggde sig en vit villa vid kustvägen, just där lindallén från Ravstrand faller ut. Klockaren är en lång, ståtlig man och lätt till sinnet, en toujours karl skulle man kunna säga. Hans mörka ögon ser ljust på tingen. Han är verserad i mångt och mycket och en stor fruntimmerskarl, det säges allmänt och klockaren hör det gärna själv, det är söta ord för änkemansöron. Hyn är brun och ansiktet gör ett frankt och friskt intryck fast kindernas rodnad är något boken och den krökta, svällande underläppen har en varnande, cyanotisk anstrykning. De buskiga ögonbrynen är kolsvarta men den täta mustaschen är nästan vit och alltid lika vältuktad. Sitt anlag för mage lyckas han trots vällevnad hålla inom gränser med en höfthållare och inbillar sig att ingen anar den lilla hemligheten.

En ungkarl på landet måste ha hushållerska och när klockaren etablerade sig i den vita villan tog han en på annons. Först konsulterade han likväl patron Ampel och förevisade annonsen. ”Trettioårs flicka, som är road av litet av varje, önskar förestå huset hos bättre ungherre, gärna på landet.” Flickan visade sig vara över de fyrtio, en mogen skönhet, men inte oäven. Emellertid stannade hon bara några månader. Hennes svartsjuka gjorde henne outhärdlig, sade klockaren. Efter henne stadde han den kvinna från trakten som fortfarande är hans hushållerska, en stadgad människa som vet sin plats och äter i köket när klockaren har främmande. Till ålder, åsyn och temperament är hon sådan att hon varken frestar eller frestas, klockaren kan njuta ett lugnt hemliv.

Proconsul är inte mera än tjugotvå år men för en avelshingst är det en respektabel ålder. Han är av ren clydesdaleras och går i vardagslag också under namnet Klysedalaren. Proconsul är patron Ampels ögonsten, han har tagit guldmedalj med diplom på två lantbruksmöten och hans hedersomnämnanden är många. Rasen har inte stått sig i tävlan med den lättare ardennern men patron Ampel tröttnar inte att prisa sin clydesdalares företräden. Proconsul är ett praktexemplar av sin ras. Patron Ampel visar med stolthet hans bredd över pannan, de yviga hovskäggen, den muskulösa halsen, den karaktäristiska sluttande bogen som ger de långa, vägvinnande skrittsteg som varje hästkännare måste beundra. Proconsul kostar femtio kronor för språnget plus en krona i stallet.

Patron Ampels förkärlek för Proconsul syns egendomlig mot det faktum att Ravstrand framför allt är känt för sin varmblodiga avel, man säljer av gammalt remonter till kronan och Ravstrands priser har alltid hållit sig i toppen. Men Proconsul är född på gården och så inverkar väl äran och guldmedaljerna han tagit hem. Nog om det: en hästuppfödares tycke bör lika litet diskuteras som andra tycken.

Denna soliga förmiddag i juli tar patron Ampel en promenad till sjön, han röker cigarr och svänger en ridkäpp i handen. Fast han inte är ryttare går han klädd i riddräkt, det gör en lantjunkare gärna. I sitt ljusbruna plommonstop, med de kantiga axlarna och något lutande skuldrorna, lätt hjulbent i spetsbyxor och benkläder liknar han en avsutten kavallerist. Och varför inte, en gammal hästuppfödare kan vara så god hästkarl som en dragon.

Bortom fälten och skogarna ser patron Ampel den vida havsbukten där blekingelandet tecknar en blå förtoning över horisonten. Han går genom vångarna mot skogen, rågen står gul och kraftig i sänkor och sluttningar men uppe på backarna vitnar den och tunnar av. Det är med säden som med gammelmans hår, tänker han, i hjässan är det glesast. Inne i skogen blåser ingen vind, luften dallrar av värme över gläntorna. I det obetade, knähöga gräset strävar sandliljornas vita kalkar mot ljuset. Hettan blir besvärande, han tar av åt söder och söker sig ner i ravinen som är Rankebäckens utfartsväg. I halvdunklet under bok och al är svalkan skön, han följer bäcken. Vattnet rusar i fall på fall, det sorlar och sjunger, det skummar mot stenar och trädrötter. Småningom vidgas strömfåran, loppet blir lugnare, här leker laxen om våren. Och bäst det är öppnar sig den tångkransade kåsen som en skäggig käft mot bukten, han är vid havet som blånar i stora, vattrade fält mellan blanka strömdrag. Genom alekrattet vid kåsen tränger han ut på den långa, gnistrande sandstranden där sommargästerna från fiskläget badar. Det är en glädje att se ungdomen bada; smärta, brunhyllta kroppar rör sig i lätta simdräkter eller ligger lojt utsträckta på den heta sanden.

Patron Ampel följer stranden ett stycke innan han går upp i de låga dynerna och sedan gör en lov över strandheden på hemvägen. På heden betar hans unghästar. Betet är magert men det håller bara djuren i rörelse, den lätt kuperade terrängen är stor och fri. Med flygande manar galopperar hästarna emot honom i flock, de kastar och stegrar sig vid mötet. Från heden går han kustvägen mot hemmet.

Klockaren står i linnekostym ute på sin tomt, han höjer sig ur grönskan som en vit staty, högre än alla träd och buskar i den unga trädgården. Nu prejar han patron Ampel:

– Du kommer ifrån sjön! Såg du nåna stiliga töser där?

Patron Ampel ler och blinkar tvetydigt mot klockaren, så vinkar han med käppen och viker in i allén. Han går långsamt i lindarnas skugga, stegen slappnar efter hand. Plötsligt stannar han, en lätt köldrysning far genom honom. Har dagern bleknat, har solen gått i moln? Nej himmeln är strålande blå som förut, det är bara patron Ampel själv som mörknat. Klockarens fråga har rört upp ett förträngt och förnekat bekymmer. Är man redan utgammal? Hade patron Ampel sett flickor på stranden? Han har sett bruna kroppar i röda och blå och vita baddräkter. Men var det pojkar eller flickor? Bägge delarna måste det ha varit, svarar hans sunda förstånd.

Samtidigt och ovilligt erkänner han för sig själv att hans öga inte särskilt fäst sig vid kvinnorna. Det är inte länge sedan – bara några år, intalar han sig – fru Emma var svartsjuk på hans strandpromenader. Hon hade för sig att han från alekrattet kikade på badande flickor. I mörka, upproriska, oklara tankar fortsätter han vägen hem, ridkäppen rappar nervöst mot benlädren.

Patron Ampel stänger in sig i sängkammaren och håller räkenskap med sig själv framför toalettspegeln. Han stramar upp ansiktet och spänner blicken i sina egna gråblå ögon. Han har många rynkor i ögonvrån. Sant, men det har han alltid haft. Och vecken i kinder och haka har intet att betyda, han hör till den magra, torra typen. Långsamt för han handen över kinden, där polisongen varit känns det strävare. Nu är det väl ett år sedan han rakade av sig kindskägget. Det var alltför gammaldags med polisonger, hade han då förklarat. Fast det var också sant att polisongerna börjat vitna starkt och kontrasterade mot det mörka håret. Mörkt? Han vänder och vrider på huvudet: ja mörkt kan man gott säga fast det är gråsprängt. Han skjuter hakan tätt intill spegelglaset, huden är glatt och välbarberad. Men han vet att om han inte rakade sig varje dag skulle han visa en vit skäggbotten. Förr fick det vara nog med rakning varannan dag, förr, men det är länge sedan dess. Det var innan han lade bort polisongerna. Är ett år länge sedan? Hur som helst: man följer med sin tid, en gentleman rakar sig dagligen.

På kvällen sitter patron Ampel och fru Emma på kontoret som de brukar göra, han i soffan och hon med sin spetsvirkning i gungstolen. Han röker under tystnad och knackar av cigarraskan på kopiepressen. Ofta vilar hans blick på ett stort fotografi över skrivbordet, det är Proconsul på lantbruksmöte i Kristianstad med vit bukgjord och bastflätad man och svans. Rätt vad det är erinrar han sig något och börjar leta bland tidskrifter och kataloger på bokhyllan. Han finner snart vad han söker, en husqvarnakatalog, bläddrar i den och fastnar för en bössa. I beskrivningen över vapnet läser han: "– system Hammerless, med på halvspänn tillbakaspringande hane –".

– Satans klockare! skrattar han plötsligt bittert och kastar katalogen från sig.

Fru Emma ser upp över glasögonen och frågar överraskad:

– Vad är det med klockaren?

– Ingenting! svarar han retligt.

Hon återtar sin virkning utan att vidare bry sig om någon förklaring till hans utbrott. Annars var det så att klockaren för några dagar sedan braverat med sina framgångar hos kvinnor. Patron Ampel hade undrat: Hur står du ut, vid dina år? – Och med ett övermodigt löje hade den andre svarat: Man har väl system Hammerless! – Ett gåtfullt svar, hade patron Ampel då tyckt.

Han andas in djupt och slår sig med knuten hand för sitt kraftiga bröst. Man är så gammal som man känner sig, säger ordspråket. Medelålders är han och gott och väl det men ännu i sina bästa år.

När han nu sitter där och betraktar henne som varit hans hustru i fyrtio år stiger sakta en hatfylld känsla upp i honom. Om han känner sig gammal är det hennes skuld. Han skulle behöva ung värme och ungt blod vid sin sida men hon är gammal. Bysten är slapp, hon är gumfet och de rodnande kinderna har ett tycke av torkade juläpplen. Det är inte den friska färg som kommer och far med blodets gång.

De två går till sängs i de stora mahognysängarna i sängkammaren, han är som vanligt först mellan lakan. Fru Emma ömsar efter vanan linne bakom den höga, broderade skärmen vid nattduksbordet. Lampan på bordet belyser henne klart, hennes konturer avtecknas tydligt på skärmen. Men patron Ampel ser inte på skärmen utan på den höga mahognygaveln som utgör fotändan till hennes säng, den är som en spegel. Hur ofta har han inte betraktat spelet av hennes nakna, vita kropp på den blanka ytan. I kväll kan han ingenting se i sänggaveln. Har polityren mattnat? Han grymtar ett otydligt svar när hon säger godnatt. Snart sover de sida vid sida.

Det blir en svår tid för patron Ampel, hösten kommer och går, vintern likaså. Han är retlig och nedstämd till lynnet. Åldrandets spöke är inte längre en rök under horisonten. Det är hart efter honom, det når honom, det har honom i sitt grepp. Hans nätters ro grumlas och hans dagar är ur jämvikt.

En dag kommer han ut i köket och finner sig ensam med en piga där. Hon är ung och välväxt, fast och rund i formerna. Han klappar henne på rona när hon står böjd över torvlåren. Hon fnittrar inte, hon bara ger honom en halvt förvånad, halvt överseende blick. Skamsen lämnar han köket.

Patron Ampel gör uppror mot livets lag, han glömmer att årens gång inte har någon backväxel, att tidens visare bara kan gå medsols. Vill man vrida den tillbaka, skär det sig och gnisslar. Men hejda den går inte. Ibland söker han intala sig att han är inne i en övergångsperiod, han har läst om något sådant. Han smygäter råa morötter och selleri, det skall vara nyttigt. Ibland piskar han i trots sina begär. Han leder sin vikande lusta till prov och manar fram obscena bilder för sin inre syn, det slutar med att äckla honom.

Värst är att han ständigt har Kalle Klockare att se på och jämföra med, klockaren är som en levande förebråelse och som en hånfull utmaning mot hans skröplighet. Och klockaren är fyra år äldre än han. Patron Ampel biter ihop tänderna i vanmakt. Nu i vårens tid är klockaren värre än annars. Varje lördag reser han till stan, man vet nog i vilka ärenden. Han drar på sig rutiga byxor, svärtar ögonbrynen och sätter ros i knapphålet. Patron Ampel stannar vackert hemma på landet. När måndagen kommer dras han som av en magnetisk kraft till klockaren och får till livs dennes senaste upplevelse. Klockaren är lastbar och skamlös i sitt tal.

Till andra bekymmer kommer också det med Proconsul, hingsten är inte längre vad han varit. Sista tiden har patron Ampel med oro sett hur hans tjänstvillighet avtar. Naturen skall ha sin gång (när det gäller hästar), åren tar ut sin rätt, det är gott och väl. Men Proconsuls blod är fint och så långt det går bör det tas till vara, för begynnande ålderdomskrämpor av det slaget finns det medicin. Patron Ampel reser till stan, går upp till gamle veterinär Thomsen, som varit Ravstrands djurläkare i alla år, och söker bot för Proconsuls slöhet.

– Han är sej inte lik, säger han, inte tredsker som han är van att va. Det är knappt han vill opp på två ben. Du får se att skriva ut nånting!

Thomsen ler och nickar, sådant känner man ju till. Och han ger recept på ett pulver som skall smygas i Proconsul. Med lock skall det gå och inte med pock! Man fuktar havren och strör försiktigt pulvret över den, så brukar det lyckas bäst.

Patron Ampel kommer hem och Proconsul får sitt pulver. Det går galant, han äter den preparerade havren utan misstanke. Och så är stunden inne då kuren skall prövas; ett sto föres fram, Proconsul får svara upp. Patron Ampel, ladufogden och marsken står till doms på stallbacken. Proconsul ledes ut genom stalldörren, han kråmar sig av gamla vanan. Så med ens får han vittring av stoet, skjuter upp nosen och gnäggar. Och stoet lägger öronen bakåt och krymper i ryggen och det går en skälvning genom henne som gör ruggränder i den blanka hårremmen. Proconsul kommer närmare med vidgade näsborrar och fuktiga, lystna ögon. Det artar sig, han trampar redan högt med frambenen. Men med ett släckes glimten i hingstens öga, han sänker huvudet, rycker till sig en tuft saftgrönt gräs och börjar tugga. Det är en slät kavaljer som sneglar åt fatet när bruden väntar, Proconsul är för gammal. Stoet kastar på huvudet och ser med hatfulla ögon efter honom när han leds tillbaka till sin box. Det är rent förbannat, säger patron Ampel.

Men han grundar över det misslyckade experimentet och vill inte ge upp, han vet ju att det skall finnas verksamma medel. Thomsen börjar bli gammal, säger han sig till sist, han har kanske ordinerat fel medicin. Så reser han till staden igen och söker veterinär men denna gång den *nye* veterinären. Thomsens kollega som redan praktiserat på orten i fem år men fortfarande kallas ny. Den nye är god vän med Kalle Klockare och umgås där, patron Ampel har spelat vira med honom flera gånger.

– Jag brukar söka Thomsen annars som du vet, säger patron Ampel urskuldande till veterinären, men han börjar ju bli äldre. Kan detta va riktigt?

Och han beskriver hur det är fatt med Proconsul och

visar Thomsens recept. Veterinären läser receptet och svarar att riktigt är det nog men dosen är för liten. Sex gånger så mycket bör det vara! Han sätter sig till skrivbordet och skriver ny ordination med den rätta doseringen. När han lämnar sitt recept till patron Ampel säger han skrattande:

– Det Thomsen hade skrivit ut är ju för tusan inte mer än Kalle Klockare brukar få av mej!

Patron Ampel skrattar också men hans munterhet är halvt hysterisk och blicken blir med ens underligt frånvarande. Han har fått en chock som av ett slag på kinden som man inte vet om det bör tas på skämt eller allvar. Han känner sig vimmelkantig när han går utför veterinärens trappa. Emellertid köper han det ordinerade på apoteket.

Nästa morgon går patron Ampel sin vanliga stallrond och räknar stövränderna bakom spiltorna. Sist stannar han vid Proconsuls box, pulverpaketet har han i fickan. Hingsten sträcker hals över grinden, stryker nosen mot sin husbondes arm, ser på honom med sina stora, trygga ögon. Patron Ampel faller i djupa tankar, mekaniskt smeker han djurets blanka, bruna hals med den askblonda manen. Om en stund rycker han upp paketet ur fickan, smiter det med en ed i stenläggningen och trampar på det tills bara en sörjig massa återstår. Och fördrängen får order att Proconsul skall ut. Våren är långt framme, gräset i den hägnade lyckan där sunnantill är gott. Där släppes Proconsul på bete, från och med nu är han pensionerad.

Fru Emma gläder sig åt att patron Ampel återvunnit sitt goda humör.

Patron Ampel känner sig frisk och fri som förr. Han

har hunnit insikten att man kan se solen stupa med samma klara tillförsikt som man sett den stiga. Han erfar att kvällscigarren, njuten i lugna drag, inte står middagshavannan efter. Och i dag har han fått ett glädjande brev, till midsommar kommer barnbarnen till Ravstrand.

Men Kalle Klockare fladdrar hektiskt vidare med sina svarta ögonbryn och sin röda ros. Han sporrar otröttligt sin livsglädje. Själv känner han en underlig eggelse, som en sporre i köttet. Han vet inte att dödsskräcken rider honom.

## Moteld

Per Snar är av Snarsläktet från Snararps läge och bär sålunda inte namnet för sin snarhets och fyndighets skull. Hans far och farfar var skeppare före honom. Nu är han gammal, går på åttiotredje året och är emeritus sedan 1915 då han gick i land för gott. Mesta tiden ägnar han uppfödningen av sina buffhöns. Frågar man varför de kallas buff får man veta att den engelsman som en gång i tiden sålde livdjuren till Per Snar kallade dem så. Alltså heter de så. Tre hönor och en tupp förde Per hem från England och hans hustru och han själv efter henne har omsorgsfullt vakat över att buffrasen hållits ren. Han har aldrig sålt ett djur levande, trots många och lockande anbud, och är ensam om buffhönsen här på kusten. Tuppen tar han in i stugan varje kväll, ända in i kabinen som han kallar sängkammaren. – Inte för jag tror nån om oärlighet, brukar han säga. Men man vet hur lätt det är att sno sej till ett tjuvnyp. – Det är ett praktexemplar till tupp, gul till färgen med vajande, guldbruna täckfjädrar i stjärten. Han gal som en klockare, trampar högt som en grenadjär och blir nära meterhög när han sträcker på sig. Barnen är rädda för honom. Buffhönsen är goda kötthöns och märkvärdiga genom att värpa blåa ägg. Till påska får Per Snar överpris för sina ägg.

Per måste ha varit praktfull i sin krafts dagar när det väldiga, röda skägget stod som en eldkvast från hakan över den breda bringan. Det är inget patriarkskägg utan för vilt och gensträvigt att kallas så. Det har vitnat nu men inte till vördnadsvärd, högtidlig helvithet utan fläckvis har det vitnat så att han i solsken, med de klara, rödlätta kinderna, strålar muntert och vackert som en rosenskimmel. Men kommer han i skuggan då går det strax röta i klarheten och han liknar en vätteros.

Trots åren är han rapp i blicken som en ekorre och när de grå ögonen spelar och när de kisar under de borstiga, vita brynen då ser man att det bor en skälm i honom och en stor sinnets munterhet. Och man har svårt att tro att han som skeppare gick under namnet Fanken som var känt och fruktat vida omkring; att han pressade sina skutor övermodigt med segel och alltför ofta utmanade Den Högste och han höll sitt folk i förmaning med den ondes namn på läpparna och en koffernagel i sin hårda hand. Så förhöll det sig likvisst. Jag har träffat folk som har seglat med honom och alla var de ense: en hård hund var han, Per Snar. Fanken. Men de var också ense om att han var en första klassens sjöman som beseglade sig i situationer där de flesta skulle kommit till korta. Han var snabb i beslut som i handling och släppte aldrig en chans därför att den syntes minimal.

I sin ungdom förde han några år egen jakt på Stockholmstraden och var då oftast skeppare och lastägare i en person. Det var en lönande seglation med fläsk och spannmål i uppfrakt samt Smithens brännvin i retur. Många år förde han sedan barkskepp och briggar i långtrade. Hans sista befäl var skonerten Aktiv. På resa från Finland i december 1914 med kontraband kapades Aktiv av tyskarna och fick prisbesättning ombord. Mot den väpnade övermakten var ingenting att göra. Men Per Snar smugglade i ett obevakat ögonblick in ett hammarhuvud i nakterhuset och det hade som envar förstår en högst oberäknelig verkan på kompassnålen. Sikten var urusel. Man hade endast kompassen att hålla sig till och det gjorde man. Det var rena spelet från Pers sida men rent spel samtidigt, om man så vill. Ingen visste vart det bar (fast prisbefälet ju trodde sig veta det) och han själv och hans folk löpte samma risker som tyskarna. Gud var nådig den gången och resan slutade på Ölands norra udde utan förlust av folk eller fartyg. Aktiv bärgades, prisbesättningen internerades av myndigheterna och Per fick medalj av sin redare. Han förvarar medaljen i bordslådan och jag har fått se den en gång. Det är snarare en medaljong än en medalj, en medaljong med redarens fotografi i. Per bär den aldrig, väl att förstå. – Gå som amma med en grosshandlare ve bröstet! säger han.

Aktiv sattes i stånd och övertogs på nytt av Per Snar. Men redan på eftersommaren 1915 förliste Aktiv på Kriegers Flak vid ett olyckligt försök att bärga en drivmina. Det var ett vettvilligt tilltag av Per, lika oförklarligt som oförsvarligt. Hela besättningen räddade sig i livbåten medan Aktiv gick till botten som en sten. Skadan på människor inskränkte sig dessbättre till förlusten av två fingertoppar på Pers vänstra hand. – Jäms ovanför naglarna tog det! säger Per bistert när han visar sitt förkortade pekfinger och långfinger. – Emellertid såg det mörkt ut med assuransen och Per Snar ansattes med närgångna spörsmål vid sjöförklaringen. – Vad trodde ni det var? frågade domaren bland annat. – En stor syltgryta eller en sorts järnkamin, svarade Per frankt och fräckt. – Domaren lär härvid i tyst begrundan ha stirrat ned i sitt protokoll en stund. Per tyckte väl att någon kommentar kunde vara på sin plats (och när han kom med den lär han å sin sida envist ha stirrat ned i den heliga skrift på bordet framför sig). – Inte oftare man ser såna saker driva omkring på sjön tyckte jag det var min skyldighet att se efter, tillade han.

Nu är det klart att en man med Per Snars experiens och med hans anseende för rådsnarhet och påhittighet skall sökas av många medmänniskor som är i betryck och ej vet sig någon råd. Och Per strör frikostigt råd omkring sig, ett råd hit och ett annat dit, snabb i tanken och alltid redo som han är. Men hans råd är som oftast mera ägnade att avhugga knutarna än att lösa dem. För en tid sedan kom gamle smeden Augustin till honom och klagade över sin käring. Alla kände ju till Augustins käring, att hon var led och gnatade som ett takdropp från morgon till kväll. Per klippte av Augustins jämmer när han tyckte sig ha hört tillräckligt. – Skjut käringen! avgjorde han. – Med det beskedet gick Augustin och två dar därefter dog hans käring av slag. Det var gott och väl. Men nu har Per Snar tagit sig för att blinka menande åt smeden var och när han möter honom. Augustin söker undgå hans blick och blinkningar. Han känner sig hemsk till mods och misstankar som ingen hyser kryper omkring honom.

Ibland går Per Snar och jag på kajen och ondgör oss tillsammans över motorskutorna. Per gillar inte maskindriften till sjöss. Han stannar vid en galeas, spottar och utbrister: Tvi! Den luktar som en lokomobil! Och se där! – Han pekar uppåt riggen och fortsätter: Den är lika full av syskonhakar som en buske av bladlus! – Det moderna sjöfolket kallar han föraktfullt för sotare hela högen.

För fjorton dar sedan började dynamitarder härja i våra trakter. De är minst två, det har polisen räknat ut och det har stått i tidningen. Först small det en natt utanför Kristianstad och där tog de nära tusen kronor i ett kassaskåp. Sedan har de dragit sig häråt, följande kusten och järnvägen med lämpliga avstickare inåt landet. De är durkdrivna tjuvar, tar endast kontanta pengar och lämnar inga fingeravtryck efter sig. Kassaskåp skjuter de lika behändigt som en annan öppnar cigarrlådor och dynamitknallarna förstår de dämpa för att kunna stjäla i fred. I Kooperativa i Havborre by tömde de ett fat sirap som ljuddämpare över kassavalvsdörren. Lokalen såg besvärlig ut efteråt. De håller sig väl underrättade om olika företags speciella likviddagar: kvällen före bör kassan vara välfylld och tillfället gott. Efter åtskilliga kupper i våra orter har folk emellertid tagit varning. Kooperatörer, mejerister, stinsar och vägkassörer håller tomma kassaskåp, sover med kassan under huvudgärden och puffert vid sidan. Statspolisen förstärker lokalpolisen och intensiva spaningar pågår men bäst det spanas på ett håll så smäller det på ett annat. Fast bytet efter hand blivit magrare är dynamitarderna ihärdiga.

Per Snar har en svärson som är mejerist ett stycke inåt bygden. Per har ingen nämnvärd respekt för svärsonen som är alltför blodfattig och tam i Pers tycke. Han är en femtioårs man som blivit blek över den sura kärnmjölken och halvdöv av mångårigt plåtskrammel.

En onsdag är jag hos Per, det är på förmiddagen. Per exercerar sin stora tupp på brunnskaret och det är ett nöje att se på. Då kommer mejeristen och tuppen hoppar genast ner från brunnskaret och går emot honom. Mejeristen viker undan, krumbuktar på stenoren och manövrerar så att han får betäckning av karet. Kammen sväller på tuppen som märker sitt övertag, bröstar sig och spänner sporre. Per skrattar hjärtlöst åt svärsonen och låter honom gå flera varv runt brunnen, baklänges, innan han gör slut på leken genom att stänga in tuppen. Mejeristen är irriterad av gubbens kapriser, det är ju också ett sätt att jaga svärsöner med tupp. Han säger litet kort: Jag har annat att tänka på än er folkilskne tocke! – Det såg min själ inte så ut nyss! genmäler Per stridslystet. – Men den andre är inte kommen för att söka strid och istället för att hämnas piken yttrar han: I natt kan jag vänta tjuvarna hemma hos mej! Jag har mjölklikvid i morron bitti och ligger inne med tiotusen sjuhundra riksdaler i pengar. – Per blir med ens intresserad. Han har läst i bladet om dynamitarderna och dessutom hört talas en hel del om deras bravader de senaste dagarna. – Har du dom i kassaskåpet? undrar han. – Nej! Nej! försäkrar mejeristen. Jag har dom på mej. Här! – Han slår sig över innerfickan och det låter som ett slag på en bibel eller en annan tjock bok. – Nu är frågan hur man ska bete sej med de krutmicklarna, återtar han. De far fram som bergsprängare och aktar varken lås eller insegel. – Skjut dom! klipper Per till. – Det är hans standardråd men det avvisas prompt av mejeristen som ej utan högtidlighet förklarar förfaringssättet direkt olagligt. Vore det inte bäst att vända sig till länsmannen med sina farhågor? Nej, den utvägen avrådes på det bestämdaste av Per. – Den som går till polisen vet aldrig när han kommer därifrån igen, argumenterar han och skisserar hastigt de faror som lurar på en anmälare. Och nu tycker han det vara lämpligt att citera skriftens ord att den som griper till svärd skall med svärd förgås. – Nej, låt oss nu tänka oss för! slutar han. – Men nästan i samma andedrag (och likväl som om han länge överlagt med sig själv) kommer det: Jag tror det blir bäst om vi går med dej hem!

På vägen till mejeriet böjer Per sig plötsligt ned och krafsar i gräset på vägkanten. Mejeristen som går ett par steg före tvärstannar och undrar vad det är. – Jag tyckte precis där låg en hundralapp, säger Per, fortfarande böjd över vägkanten. – Mejeristen sticker hastigt handen under rocken och jag kan se hur han klämmer fingrarna om plånboken. Han hukar sig och skall hjälpa Per att leta. – Jag såg visst fel, säger denne då. – Mejeristen ger honom en orolig, halvt misstänksam blick. Så fortsätter vi. Men mejeristen släpper inte plånboken utan går hela tiden med handen under rocken som hade han håll i bröstet. Per ser på mig och myser i sitt skäckiga skägg och jag minns nu att han talat om för mig att svärsonen är så snål att han får skälva i händerna när han håller i pengar.

Mejeristen sätter sig strax att räkna sina sedlar när vi kommer till hans kontor medan Per och jag synar kassaskåpet som är en gammalmodig men solitt utseende pjäs. Per knackar på skåpet som inte svarar med något ihåligt eko utan stämmer ljudet som hälleberget gör. Per nickar tillfreds och tummar låsskölden, ett lejonhuvud av mässing som glider runt på en tapp och blottar nyckelhålet som liknar ett sigma. Svärsonen flyr honom nyckeln på kommando och upp svänger den tunga dörren. Per sticker in huvudet i det tomma skåpet och ruskar omkring därinne med sitt bångstyriga skägg. Och rätt nu är han färdig med ett förslag som går ut på att han åtar sig hela saken om han får greja den efter sitt huvud och utan inblandning av länsman eller någon annan. Inte ens mejeristen får del av hans planer. Allt och alla skall ställas under Pers befäl och nycklarna till både kassaskåp och kontor och hela mejeribyggnaden skall omedelbart antvardas i hans händer. Mejeristen trycker sin innerficka, känner de nyräknade sedlarna i gott förvar och samtycker till alla villkor. Per får nycklarna och säger till honom att han inte har där att göra längre och till mig säger han att jag kan gå hem så länge. Men till kvällen får jag komma igen om jag vill och hjälpa mejeristen och honom att hålla vakt över natten.

Före solnedgången återvänder jag till mejeriet och får veta att Per Snar inte varit overksam under dagens lopp. Bland annat har han varit med hyrbil i stan och köpt ett krus genever. Men om hans övriga förehavanden vet ingen rätt besked och själv tiger han.

Mejeristens hustru dukar kvällsmat åt oss. Hon har sin fars livliga, grå ögon men håret har ett mörkare inslag och går i djup brons. Säkert är hon några och fyrtio år men likväl förväntansfull som ett barn inför den stundande natten. När vi kommit till bords lägger hon armen om faderns skuldra och säger: När jag vet att far grejar det hela är jag inte det minsta orolig! – Per ser smått generad ut och tar sig för att servera genevern.

Vi kan bli sittande och vaka där vi sitter, dekreterar Per, vid matbordet. Fönstren står öppna men ljuset hålles släckt och tysta som andar får vi vara. Det blir kanske nog så mörkt om vi inte får månsken till natten men står kruset mitt på bordet så hittar vi det alltid. Mejeristen reser genast invändningar: Visserligen har vi mejeriet mittför fönstren men hela gårdsplanen ligger emellan och kontorsingången ser vi inte. Den är på östra gaveln i mejeriet och skuggad av de gamla kastanjerna så att där är dunkelt mitt på dan. Om vi däremot höll till i brygghuset – – –. Här avbryter Per och slår i bordet: Jag är väl ingen tvättkäring heller! Och förresten är det jag som för befälet, förstår du, smörkadett! – Där fick mejeristen och Per kan vända sig till dottern och be henne ge order till personalen att allt skall vara tyst i huset efter mörkrets inbrott. Det lovar hon göra och så tackar vi för mat och hon dukar av bordet. Kvar blir endast kruset med genever, en karaff vatten och saltkaret.

Per vågar inte dricka genever oblandad numera. På något vis skall åldern ta ut sin rätt, påpekar han och späder brännvinet med hälften vatten. Till gengäld super han ur dricksglas.

Plötsligt tar han karaffen och börjar droppvis hälla vatten i saltkaret. Dottern betraktar tilltaget med mild förvåning men säger ingenting. Mejeristen låtsas inte se, nesan sticker honom än. När allt saltet är väl genomdränkt berättar Per, i det han höjer saltkaret som illustration: När det här har torkat så sitter saltet som en gjuten sten i karet. Och det minner mej om en gång jag segla förste styre på en finnskuta. Vi tog in salt i Vigo, full last på fyra dygn, och stack till sjöss en lördagskväll. Men när vi va tre dar ute sprang hon läck i sjön och vi fick lyfta henne tillbaka till Vigo på pumparna. Det var ingen vakt i kojen, skriv opp det! Nå, vi kom i docka och så långt var det all right men sen visa det sej att skutan va förvandlad till en saltstod! Ackurat som Lots hustru en gång i tiden! Dagos där nere ville kondemnera hela skutan för de såg sej inte konst till att få saltet lossat men jag viska ett ord till gubben och så satte vi folket igång. Tre månader låg vi med full besättning mönstrad och lossa skutan med hammare och mejsel. Det tog ju tid, som sagt, men folket va billigt den tiden och loss blev hon och reparerad också och flöt i många år efter den betan.

Knappt har Per slutat sin redogörelse förrän dottern utbrister: Den har jag aldrig hört förr! – Nej du! svarar Per övermodigt. Om dina öron räckte till allt som jag har vatt med om, så vore du en åsna! – Gliringen till henne faller som plåster på mejeristen, som skadeglad smuttar på sin genever, och stämningen blir den bästa ty hon lägger inte på sinnet vad gubben säger.

Och nu ska det hållas tyst! Solen har gått i säck, kvällsbrisen dör bort och mörkret faller hastigt på. Det är redan svart under de stora kastanjerna och hela gården ligger tyst och stilla som en kyrka i den ljumma sommarkvällen. En kontur mot ett fönster, ett öga som glimmar till, en arm på den vita bordduken, det är snart allt vi ser av varandra inne i rummet. Och som natten blir svartare blir våra öron mera lyhörda och hör tassandet av mystiska steg där ingen fot trampar.

En timme går, två kanske, då kan inte mejeristen hålla sig längre och som alla lomhörda talar han skrikigt när han tror sig viska. Per kastar sig som ett troll över bordet, väser: Här ska va tyst! – Tyst som en likvaka! tillägger han och jag tycker mig höra ett undertryckt kluckande i hans strupe. – Efter ett ögonblick viskar han: Du har väl räknat rätt? Så du har allt i behåll? – Där väckte han en tvångstanke som slumrat lätt. Mejeristen börjar strax fumla med plånboken och vi hör honom prassla med sedlar. Han räknar och räknar i mörkret och söker känna sig till valörerna likt en som i blindbock måste känna sina vänner på skinnet. Nu har han gärning som håller munnen på honom.

Sprängskottet föll inte som knallen från en bössa. Det steg med ett brus som bränningen och kulminerade i ett dån, rullade som ekon i åskmoln. En våldsam skälvning i atmosfären skakade de öppna fönstren på deras hakar, luften i rummet pressades samman som av en pistongstöt.

Genom efterdyningen skär klirrandet av krossat glas. En stol vältes överända och en kvinnoröst skriker: Tänd ljuset! Tänd ljuset!

Vi rusar om varandra i mörkret, ut på gården, bort till mejeriet. Mejeristen är den förste på kontorstrappan, han snavar över spillror och tegelstenar. – Han lyckas ta sig in på kontoret och ropar inifrån: Det elektriska går inte! – Men där kommer maskinisten springande med en stark ficklampa. Pers skägg flammar upp vid sidan om mig och jag ser att han har en grov märlspik i näven.

– Det kallas visst dubblé när man får två i skottet, anmärker Per cyniskt. Dynamitarderna är mycket riktigt två, såsom polisen antagit. De ligger utanför trappan dit de kastats med dörr och dörrkarm och ett stycke tegelvägg. Den ene har en kopiepress om benet, ovanför knäet. Han blöder ymnigt på kinden. Den andre, en blek man med goggles, visar ingen synlig skada men bägge ligger orörliga som livlösa. Per ser på den bleke och säger: Märkvärdigt att glasögon håller bättre än fönsterrutor. Där står en ung mejerska och skriker hysteriskt: De är döda bägge två!

De två kropparna bärs in i mejeristens bostad där Per som varit sin egen skeppsläkare i många år ägnar dem en första undersökning. Han lyssnar på hjärtat, tar pulsen, far över leder och lemmar. Han ledar försiktigt armar och ben och svarthandskade händer. Till sist ger han sitt utlåtande: Inga ben är isönder och de lever och andas som de ska! De är bara avdånade av smällen men det kan gott dröja både en och två dar innan de kan bekänna.

Polis, läkare och ambulans har alarmerats per telefon. Men tiden drar ut, redan dagas det, i nordost gryr det rött. Mejeristen har besiktigat sitt kontor, vad som finns kvar av det. Han återkommer blek av upphetsning, klämmer om plånboksfickan och vojar sig över reparationskostnaden. – De knölarna har haft för skarp laddning, jämrar han. – Nej, säger Per bestämt, det tror jag rakt inte. De gökarna kan nog sitt yrke. Men vad tror du jag handlade i stan? Bara genever kanske? Nej, jag köpte tre kilo dynamit också, förstår du, och den låg i kassaskåpet. Det kallas för moteld! – Mejeristen stirrar häpen på sin svärfar och stammar: Ni är vådlig, man! Ni blir rent bekommen!

Men Per Snar ler obesvärat och fyller sitt dricksglas till hälften med genever. Dock underlåter han inte att späda den med lika mycket vatten ty, som han brukar säga: på något vis skall åldern ta ut sin rätt.

## En början – inget slut

### I.

Man byggde hamn i Havborre läge år 1880.

Bygget hade skridit gott fram under sommaren. Nu var man i slutet på augusti då en ostlig kuling medfört en tillfällig stagnation i arbetet. Tre dagar hade kulingen stått, tre dagar hade den gröna sjön gått över piren. Men tredje dagens kväll hade vinden dragit sig nordlig och småningom lagt sig under natten så att det nu, på fjärde dagen, blåste en stadig bris under en solklar himmel. Ute i bukten låg sjön som en djupblå fäll som dyningen mol och mullrade under och där vinden ibland rev upp vita stickelhår. Kom ett strömoln länsande för brisen så mörknade fällen i dess spår som om en osynlig hand strukit den mothårs. Men i landningen bröts dyningen vit och stormade stranden i kolonn på tre. Man kunde med blicken följa de tre vita linjerna uppåt kusten där de drogs samman alltmera tills de gick i ett under den solgula strandvallen vid Killehusen.

På redden låg skonerten Texorina av Havborre och slingrade så att hon emellanåt doppade ledstängerna. På resa från Åhus hade hon ankrat upp för några timmar. Skepparen, bästemannen och en pojke var i land.

I hamnen gick den vita sanden den tiden ända upp till husen i läget. Nu hade stormen rört sanden och strukit den slät i stora ytor, kupat den vid stänger och stenar, dragit den i mjuka råsar eller räfflat den över begraven strandhavre.

Fast kulingen blåst över var det nästan så stilla i hamnen som på en söndag ty fiskarna låg ute i vrak och sjöhävningen var ännu för svår för någon vidare verksamhet i bygget. Dyningen fräste och sprutade skum i Drejareknutan och sjöarna reste sig buteljgröna över piren, bröts och fyllde bassängen med ett vitt lödder där de skrikande måsarna hade svårt att finna födan. Mudderverket som eljest var bemannat med fyra man i spelet och en skräddare och f.d. segelmakare som kapten låg tyst och övergivet och rullade i sina förtöjningar. Men där brobänken skulle bli arbetade man än så gott som på torra land, och pålningen hindrades inte av sjön. Där var hejarkranen igång med två man i vinschen. Deras ryggar kröktes och rätades över vevarna, spärrhaken klapprade mot kugghjulet, den tunga hejaren av järn gick sakta till väders. När den föll träffade den pålen med en knall som repeterades med virvlar från husväggarna i läget och i dova efterslag från backarna där bakom.

Utanför Jon Hickes stuga var en flock barn samlad kring stenhuggaren som begagnade tillfället när hammaren ändå måste vila till att i stilla mak härda sina borrstål. Åssjan var uppställd i en sanddriva vid en stubbad pil som under sommarens lopp blivit svartrökt och bränd som en sotarviska. När han trampade bälgen stod en stålblå kvast av rök och värme upp från kolelden.

Stenhuggare Lars Andersson var främling på kusten. Han var från Färs härad och gick i läget under namnet färsingen. Redan tidigt på våren hade han tagit sina verktyg i en säck på ryggen och gått de tre dryga milen till Havborre där han omedelbart fått arbete.

Var Lars kom flockades barnen omkring honom såsom dragna av en osynlig kraft. Han hade den öppna frändskap med barnasjälen som barn så väl anar och känner och som kan komma dem att älska en människa lika förbehållslöst som de älskar ett djur eller ett livlöst ting. En sådan frändskap finner man sällan ohämmad hos unga människor, Lars var inte mer än tjugosex år gammal. Barnen som med sin rika inbillning ger varje sak det liv som de fordrar av den fäster sig ofta vid tysta människor. Lars umgicks med dem utan stora åthävor och nästan utan ord. Deras friska sinnen värmdes genast av den halvt buttra sympati som strömmade mot dem från stenhuggaren och han vann från början deras tillgivenhet. Om han var obeskrivligt komisk när han rynkade ögonbrynen så ingav till gengäld hans stillsamma leende respekt och blicken från de grå ögonen förtroende.

Det var en högtid för barnen när Lars borrade sten eller när han som nu härdade borrstål. Då kunde de vara honom så nära de ville. När han högg sten måste de hålla sig på avstånd för stenstänkets och de farliga skärvornas skull.

Härda borr är ett göra som kräver all aktsamhet och uppmärksamhet, i synnerhet när det kommer till anlöpningen. Barnen följde Lars' göranden med spänt intresse, trängdes kring ässjan, hängde på varandra, knuffades och sträckte sig på tå för att se bättre. Jon Hickes pojke stekte några potatis i askan, Lars måste vända dom medan han passade sina borr.

– Bränn dom inte! förmanade pojken.

Lars svarade inte. Han stirrade på härden och trampade bälgen för fullt. Hans ögon krympte för det vitglödande ljuset så att ingenting av vitan syntes. Ässjan frustade klar eld. Nu närmade sig det riktigt spännande! Ungarna höll andan när Lars tog ett glödande borr ur ässjan och stack det i härdhon som fräste och ångade medan han långsamt förde borret upp och ned i vattnet.

När stålet var avkylt måste det värmas igen, det var anlöpningen. En känslig procedur. Lars gjorde en varnande åtbörd mot barnen: nu gäller det! De förstod och höll sig tysta och stilla som möss. Han friskade upp elden med ett tramp i bälgen och stack borret i ässjan. Sakta lät han det glida av och an i glöden och samtidigt rotera i handen. Han hade skjortärmarna uppkavlade över armbågarna och skjortbröstet uppfläkt. De seniga armarna var sotstrimmiga. Ansiktet, halsen, det ludna bröstet var rödbränt av elden från ässjan och en svettig test av det halmblonda håret föll mörk över pannan. Hans breda skuldror var kullriga och liksom knutna om en kraft som för tillfället hölls bunden. Varje drag i ansiktet uttryckte spänd uppmärksamhet: de tunna, hårt sammanknipna läpparna, vecken över näsroten, de vidöppna näsborrarna. Blicken var intensivt fästad på borret och följde skiftningen i stålets färg eftersom temperaturen steg. Slutligen trädde den rätta, havregula färgen fram. Spänningen släppte hans ansikte. Han tog borret ur elden och kylde det på nytt i vattenhon. Men ens kom det liv i barnen. Hickes pojke rakade sina potatis ur askan och bollade dem från hand till hand för att svala dem.

Lars lät ässjan vara och satte sig på gärdesgården. Strax bullrade barnen upp omkring honom. Nu tillhörde han dem medan han vilade några minuter. En pojke i halvlånga byxor ställde sig bredbent framför honom i den kolstänkta sanden och frågade:

– E de sant att han har grönt blod?

Då skrattade de allesamman. Det var inte första gången frågan gjordes, de brukade ofta prima honom för hans blod. Färsingarna hade ju grönt blod. Det sade alboiterna och likadant hette det i Frosta härad. Det kom alltså från grannarna och var säkert inte ment som smicker.

Lars var aldrig snar med svar på en fråga. Han tänkte sig för, putade med munnen. Precis som han alltid brukade göra när hans gröna blod kom på tal. Så tog han sävligt upp fällkniven och brynte bladet på tumnageln. Det hörde till, barnen visste det för väl. Och sedan blev det inte mera, det visste de också. Men varje gång var det ändå lika spännande. De *trodde* ju att färsingarna hade lika rött blod som de själva men innerst i dem gnagde likvisst ett halvt tvivel. Det där talet om det gröna blodet hade de ju från gammalt folk. Lars prövade eggen, fällde sedan ihop kniven och stoppade den i byxfickan. Ungarna skrattade i korus och pekade på honom:

– Hahaha! Han vågar inte!

Det var skämtets höjdpunkt och det roade Lars lika mycket som barnen.

Tullarens Elna hade någonting särskilt på hjärtat. Hon var bara fyra år gammal och hade svårt att göra sig gällande bland de andra. Nu hade hon en stund envist klängt sig fast vid Lars, stått där och plockat med sina små fingrar på hans blå, urblekta byxben. Blyg var hon också och vågade inte tala högt. Lars måste ta henne i knät för att få veta vad hon ville. Hon viskade det i örat på honom.

– En kines! svarade han. De ska fort va gjort! Har du nån pantoffla?

Nej, Elna hade ingen potatis och de som Hickes pojke

hade var stekta och dugde inte.

Stenhuggarens kineser var mycket populära bland barnen i läget. Han kunde hastigt och lustigt göra ett kineshuvud av en potatis. Två snitt med kniven i skalet, där hade man de sneda ögonen. Ett tvärsnitt, det var munnen. En hårpiska av tvinnat drev som pluggades fast med en träpligg gjorde huvudet illusoriskt.

Elna var bekymrad. I detsamma ropade man på Lars borta från hejarkranen. Han lyfte Elna från sitt knä och tröstade henne:

– Rättnu ska jag göra en kines. Tåla dej lit bara! Ja har inte tid nu.

Så reste han sig och gick makligt bort över sanden som risslade om hans nakna fötter. Barnen följde efter.

Pålen som man höll på med hade skevat i tvingen och ville ge sig utåt. Men som pålen nära nog var på plats – den skulle inte drivas ner mer än en kvarts eller högst en halv tum till – drog man sig för att justera tvingen. Den hade börjat lossna från riktbalken och det skulle ta avsevärd tid att spika om den. Två, tre hejarslag till var allt som behövdes och om pålen stöttades av ett par kraftiga armar klarade man sig på det viset med minsta besväret. Om Lars ville ta i ett tag? Man hade fullt förtroende för hans krafter.

Lars kavlade upp byxorna över knäna och klev ner i det grumliga skvalpet nedanför kranen. Han trevade för sig med fötterna och fann en sten att ta spjärn mot. Pålen räckte honom ungefär upp till axlarna. Den hade skevat gott och väl en tum, i toppen räknat.

Skepparen på Texorina och hans bästeman kom uppe från läget på väg ombord, pojken väntade dem i båten. De stannade till vid kranen för att se på. Hustrun till den ene vinschmannen var där också, hon bar en matkorg på armen. Skepparen blundade med vänstra ögat, syftade längs riktbalken och utlät sig:

– De vill allt till o hålla in den me handkraft! De e kroppstyngden som ska göra det i så fall.

Han mätte Lars med blicken. Bästemannen spottade en brun stråle och rådde:

– Spika ni om tvingen först som sist, mannar!

Lars yttrade sig inte. Han såg upp mot kranen men fick solen rakt i ögonen och bländades. För att pröva sina krafter pressade han händerna mot pålen och föll in med hela sin tyngd.

– Den kommer! sa skepparen gillande.

– Kloss! sekunderade bästemannen. Eller nära på.

Det var ett försök bara, Lars släppte sitt tag. Han sökte sig tillrätta med fötterna medan han vek upp högra skjortärmen som glidit ner. Så nickade han åt karlarna i vinschen: sätt igång! Några hastiga slag med vevarna halade wiren styv och vinschmännen lade manken till. Det knakade i trumman, hjulen gnisslade, spärrhaken började hacka i kuggarna. Långsamt kröp hejaren uppför ledskenan. Den var tung, det var tjugo pund i den. Det gör etthundrasjuttio kilogram.

Lars tog spjärn med fötterna och stämde händerna mot pålen. De breda tummarna nådde inte varandra tvärsöver pålen men i sidorna fick han gott grepp. Hans hårda stenhuggarfingrar, somliga av dem krökta, deformerade, nästan utan naglar, slöt som järnklor till det skalvita träet. Han böjde nacken och spände sig av alla krafter mot pålen. Tummarna vitnade av trycket, skjortan stramade över de knutna skuldrorna. Hela hans samlade muskelstyrka och tyngd pressade pålen mot riktbalken. Hejaren kom block i block, den föll. Men den föll inte med det rätta ljudet. Det följde inte den hårda knallen av järn mot trä utan ett falskt, dämpat, sjukt ljud. Ljudet av en jättestämpel som våldsamt stötes i färgdynan. Ekot svarade från backarna som ett slag på en madrass. Men före ekot kom en gäll, vinande väsning från stenhuggaren, väsandet från en bälg som frestas över bristningsgränsen.

Den som stod i förhand i vinschen var en drömmare, en blond räkel med långlagt ansikte och tunga ögonlock. Medan händerna följde veven var hans tanke långt borta och blicken irrade utan mål. Hans sinne var öppet för måsarnas yrande i hamnen, för de gröna sjöarnas gång när de krossades till skum mot piren, för molnens makliga seglats undan vinden. Han följde utan tankar ljusets spel över den blå bukten och såg Texorina ligga över i sjön så att hon stundtals visade hela däcket. Det hände till och med att han vände på huvudet och fångade bilden av Gulakar bakom sig där några efterliggare till strandskator promenerade sina röda ben medan den sandgrumlade dyningen slickade efter dem.

En drömmare kan vara kusk på Karlavagnen, det passar han egentligen mycket bra till. Men han bör inte sättas att sköta en maskin ty där kan han visa sig farligare än en dåre.

När hejaren gick till blocks hade drömmaren mekaniskt ryckt till i linan till spärrhaken utan att märka att linan fångat stenhuggarens vänstra arm. Den rycktes med och krossades ända upp till axeln av hejaren. Mannen stod fastnaglad vid pålen som färgades röd av hans blod. Vänstra handen stack fram mellan hejaren och riktbalken, de blodspräckta fingrarna stod styva som stickor. Hans högra arm hängde slappt ned och huvudet runkade sakta av och an. Det plötsligt vaxgula ansiktet med de vita läpparna hade stelnat i en spasm. Struphuvudet rörde sig men han gav inte ett ljud ifrån sig. Bröstet var översköljt av blod och blod hade skvätt över kranfoten och vinschen. Från pålens topp rann det röda strömmar som delades i bäckar och fåror av knastarna i träet.

Drömmaren skrek ett långt, utdraget skrik, blodet hade stänkt upp över armarna på honom. En av småpojkarna sprang tjutande över hommeplatsen mot läget. De andra barnen blev stående såsom förlamade. Pojken snavade och föll i sanden, reste sig och fortsatte att springa. Hela tiden ylade han av vansinnig skräck.

Samtidigt var det ett ropande. Kvinnan med matkorgen kallade på Jesus och bästemannen skrek på brännvin. Skepparen fick upp en kvartersflaska och stack den till honom. Den andre hade redan rusat ner till Lars och slagit en arm om skuldrorna på honom.

– Hur gick de? stammade han. En fånig fråga som av sig själv gick över läpparna.

Skepparen var med ett språng uppe i vinschen, knuffade drömmaren från veven och högg själv i.

– Hiv away! hojtade han till mannen på andra sidan. Hiv away!

I förskräckelsen hade vinschmännen inte kommit sig för att spela upp hejaren igen. När den nu lyftes öppnade sig mellan järnklossen och pålen ett blödande svalg där en lossnad, vit bete rörde sig. Det var den krossade armen som följde med. Stenhuggaren stönade högt. Men när bästemannen förde brännvinsflaskan till hans mun och den skarpa doften stack honom i näsan skakade han med stor ansträngning på huvudet och stötte fram:

– Tobak!

Det enda ordet kom som en rossling ur halsen men fullt förståeligt ändå. Bästemannen kastade buteljen i sanden och tog upp en kardus Negro Head ur byxfickan. Han vred av en halv fläta och stack i munnen på Lars som girigt klämde till käkarna om den.

Folk skyndade till från läget, mest kvinnor. De hade ryckts från sina sysslor av skriken i hamnen och sprang över sanden torkande händerna på förklädet eller i hast ordnande sin klädsel. En kom skumpande med ett barn vid bröstet, en annan hade en degspade i handen. Ängslan stod i allas ansikten. När de nådde olycksplatsen gav kvinnan med matkorgen de första upplysningarna och kommenterade den hemska scenen. Hon hade ju varit åsyna vittne. Hon var våldsamt upprörd, gestikulerade med korgen och talade med jämrande stämma.

Det var inte första olycksfallet skepparen grejade. Som gammal sjöman hade han praktik i sådana saker och var gott skickad att ge en första hjälp. Så snart hejaren kommit väl fri hoppade han vigt från kranen ner till den skadade. Nu gällde det först att stämma blodet. Med ett raskt snitt kapade han en ända av utlösningslinan och slog den om den massakrerade armen så högt upp under axeln han kunde få den. Han blev röd om händerna som en slaktare och hans min sjuknade när han nu drog åt bändslet och fann att det slöt sig om den blodblöta skjortan som kring ett tomt fjälster. Varken kött eller ben höll emot! Emellertid bevarade han huvudet kallt och skar försiktigt upp ärmen. Till sin förvåning såg han då att blödningen var hämmad. Det söndertrasade köttet blödde visserligen men blodet sipprade ut droppvis. Där var ingen puls i det och någon fara för förblödning fanns inte. Skepparen lät undfalla sig ett uttryck av förundran, det var det märkligaste han sett. Bästemannen som stöttade den olycklige med ett stadigt grepp om ryggen hade aldrig heller varit med om något liknande. Lars tycktes inte höra vad de sade. Käkarna tuggade med långsamma, mekaniska rörelser och hans matta blick var riktad på handen som spretade med blodspräckta fingrar mot balken. En sprittning gick genom hans vänstra axel när han gjorde ett försök att kröka fingrarna som inte längre hörde till hans kropp.

Plötsligt stod en lång, svart kvinna uppe på sandbrinken vid kranen. Hopen vek skyggt undan och det blev genast ett tomrum omkring henne. Ingen hade lagt märke till varifrån hon kommit. Hennes långa, bleka hals sköt upp ur en svart schal som hon underifrån höll hårt samman om bröstet och höfterna. Det vita ansiktet var fårat av långa drag såsom med en mejsel från tinningarna nedåt och det färglösa håret låg slätt tillbakastruket över hjässan. Det underliga med henne var de stora ögonen som ibland speglade en rymd av ljus och ibland blev tomt svarta som blindfönster. Man kände henne väl i läget där hon en gång hört hemma. Numera bodde hon uppe i byn. Hon var konstig till sinnet sedan den gång för många år sedan då hennes käresta blev borta på sjön. Det var ju det: barnet blev också borta. Hon födde aldrig det liv hon bar efter den förolyckade. Dock troddes det aldrig att hon fött i lönn eller lagt hand på sitt eget blod. Hon hade sörjt bort barnet, menade de gamla. Men underlig hade hon blivit och fått den förbannade gåvan att se vad andra inte såg och höra röster där ingen talade.

Kvinnan insöp med vidöppna ögon synen framför sig och hennes ansikte tycktes klarna inför det lidande hon bevittnade. Hade himmeln varit beslöjad, hade dagern varit på något sätt dämpad, skulle skådespelet inte ha verkat så grymt. I det klara, flödande solljuset var det fruktansvärt. Det scharlakansröda blodet på pålen ropade högt och himlen log till svar.

Kvinnan nickade profetiskt och bröt den djupa tystnaden som nu rådde.

– Han har stämt sitt eget blod, sade hon med tunn, klar röst. Med kraften i sin egen mun har han stannat det. Det kan den göra som gåvan haver. Eller ock är det oskyldigt blod som stannar av sig själv där det ej är för andra utgjutet. Gud vill att han begår sig!

När hon talat slut vände hon tvärt om och gick bort över sanden med glidande steg. Som ett smalt, svart dagspöke försvann hon bland husen i läget. Folket vid kranen såg efter henne tills hon inte syntes mera. Då nickade kvinnorna tyst och menande åt varandra. Vad var det hon sagt? Med kraften i hans egen mun! Likväl hade hon varken sett eller hört att färsingen tagit till sig tobak men ratat brännvinet!

Skepparens rop på förbandsgrejor kom som en frisk vindstöt och ruskade dem ur spökstämningen. De var genast ivriga att hjälpa och bistå med vad de hade till hands. Förkläden och huvudkläden sträcktes mot honom, han hade bara att välja. En gammal fiskare kom med ett stycke smidig segelduk och en gumma erbjöd sin slitna långschal. Man rev schalen i tre våder och knopade ihop dem till en binda.

– Låt oss nu se så vi får allt me! sade skepparen omtänksamt när han tog itu med förbandet.

Det var ju närmast en pietetssak att inte lämna några ännu rykande spillror kvar. De grova sjömansfingrarna arbetade med beundransvärd händighet och varsamhet då han vecklade in handen och den blodiga massa som återstod av armen i ett par förkläden. Detta paket tryckte han försiktigt intill den skadades sida och fixerade det med segelduk som rullades hårt om livet på honom. Lars lät det ske utan att släppa ett ljud över läpparna. Hans käkar tuggade blott hastigare och hårdare. Slutligen kom bindan som gjorts av schalen väl till pass: ett slag runt bålen under högra armen och ett annat över axeln gav stadga åt det primitiva förbandet.

– Ja sätter honom i land i Simrishamn, sade skepparen. På de viset kommer han kvickast te läsarettet. Den här vinden står säkert te kvällen!

Han böjde sig ner och sköljde blodet av händerna. Utan att tänka på det hade han talat om Lars som om en frånvarande eller ett livlöst ting.

Emellertid hade båtpojken bringat båten intill kranen. Man ville lyfta Lars ombord men han avböjde tyst och energiskt. Med armen om halsen på bästemannen tog han själv de få stegen och gick i båten där han varsamt fick sjunka ihop på plikten. Man stoppade omkring honom med ett loggertsegel och så stötte båten ifrån. Hopen stod kvar på stranden och såg den ro ut genom bassängen. Vid pirhuvudet fångades den av dyningen och lyftes högt upp för att i nästa nu försvinna mellan två sjöar. Åter kom den till synes på ryggen av en våg och åter försvann den. För varje gång hade den kommit några årtag närmare sitt mål ute på redden.

Drömmaren såg efter båten med tårgrumlad blick. Han gned frånvarande sina armar som fick bruna strimmor av levrat blod.

Tullarens Elna satt på sin mors arm och tryckte de små, knutna händerna i sina förgråtna ögon.

– Tåla dej, barn lilla! tröstade modern och gungade henne på armen.

– Han lova mej en kines! pep den lilla otröstligt.

Hickes pojke stod med händerna i byxfickorna och frös i det klara, varma solskenet. Han tittade på den röda pålen och sade kavat till en annan pojke:

– Färsingarna har *likaväl* rött blo, de har ja alltid trott.

Men det gick en rysning genom honom så att tänderna hackade. Han var tjock i halsen och måste hastigt vända sig bort för att inte förråda en snyftning för kamraten.

Texorina var klar att lätta. I väntan på skepparen hade folket ombord redan börjat ta hem kättingen. Inom en kvart efter det båten lagt ut från hejarkranen var Texorina under segel och låg på sin kurs med vinden in från låringen. På akterdäck tuggade stenhuggaren sin tobak med långsamma, tövande käkrörelser. Han vilade med ögonen slutna på en god bädd av kabelfendrar och smärting. En oerhörd matthet hade kommit över honom.

## II.

En morgon i slutet av november kom med en glad överraskning till tullarens Elna i Havborre läge. Hon var uppe i dagningen och när hon ställde sig på tå och såg över fönsterkarmen stirrade hennes kines emot henne genom rutan. Den satt fastkilad med en sticka i fönsterfodret. Elna sprang strax ut och hämtade kinesen som var mera konstfärdig än de andra av stenhuggarens tillverkning hon sett. Den hade ögon av blanka kol.

– Titta! sade hon ivrigt till modern. Han har riktiga ögon. O se på flätan!

– De liknar riktigt hår, svarade hennes mor och lät hårpiskan löpa mellan fingrarna.

Den var röd. Hon visste inte att den var tvinnad av skäggstrån som färsingen ryckt från sin egen haka. Skägget hade fått växa fritt hela den tid han legat på lasarettet.

Kinesen hade suttit i tullarens fönster ända sedan klockan fyra på morgonen då Lars Andersson passerat läget på väg hem. Dagen förut hade han blivit utskriven från sjukhuset och genast lämnat Simrishamn. Om kvällen var han i Rörum där han fick sova på en hjälle. Redan vid tvåtiden på natten var han åter på fötter och fortsatte sin väg, närmast till Havborre.

När han kom till läget sken månen. Havet flammade i svart och silver och bränningen slog i stranden. Hos tullarens var det mörkt. Huset sov och han lämnade i tysthet sin anspråkslösa gåva till Elna. Därifrån gick han till Jon Hickes och hämtade sin verktygspåse, kläderna hade han tidigare fått med bud till lasarettet. Hicke själv var på sjön, det var hustrun som öppnade för honom. Hon ville värma kaffe men han tackade nej och tog farväl med detsamma. Han hade lång väg framför sig och om möjligt ville han hinna hem på dagen.

Lars Andersson lämnade Havborre läge lika fattig som han kommit dit. Den sparade förtjänsten från hamnbygget hade han lagt på lasarettet och var nu jämnt kvitt med sin sommar.

I Vitaby stannade han ett slag och såg sig tillbaka. Mellan

de mörka backarna syntes bukten med en silverstrimma i den fjärran horisonten. Havet ser jag väl aldrig mer, tänkte han.

Säcken med verktygen bar han på ryggen, kastad över högra axeln. Den var lika tung som när han på våren gått österpå med den men den kändes tyngre nu. Det var han själv som blivit svagare av sårfebern och det långa sängläget. Ibland kände han fötterna tunga som bly och släpade träskorna på vägen. Ibland åter tycktes gången förunderligt lätt och stigen mjukt sviktande men det var en lätthet som var släkt med yrsel. Han sköt upp högra axeln onödigt, som om han velat kompensera en felande motvikt på andra sidan. Vänstra rockärmen hängde tom, den var nerstucken i fickan där den satt fast i fodret med en nål. Armen var helt och hållet borta, avskalad vid axeln. Operationen efter olycksfallet hade inte lämnat kvar minsta fäste för en protes. Första tiden på lasarettet hade Lars närt ett hemligt hopp om en järnhand, en sådan som den enarmade möllaren i Ramtofta hade. Det var en grovt dimensionerad, tvåfingrad järnkrok. Möllaren hade nått en viss ryktbarhet tack vare järnhanden som gjorde honom oslagbar i fingerkrok och som i svängknack satte oförglömliga märken i bordskivan. Lars kunde inte komma ifrån en känsla av avund mot möllaren.

Hans dåliga kondition gjorde sig alltmera påmind. Det kom en domnande känsla i vaderna och han kunde inte längre ta ut stegen så som han var van. Järnets klirrande i säcken lät underligt avlägset, det susade för öronen och han måste blinka oupphörligt för att hålla blicken klar och stadig. I det längsta motstod han frestelsen att vila och tvang benen att röra sig framåt utan att släppa efter på rytmen i gången. Det kostade all den ansträngning han var mäktig men med seg uthållighet fortsatte han backe upp och backe ned. Hans tomma huvud ekade som en klangbotten för vart steg han tog. Han andades genom näsan, slöt läpparna hårt samman och lät mekaniskt käkarna som valkade tobaksbussen hålla takt med fötterna. Tobaken var hans enda last. Han höll sig emellertid strikt till tuggtobaken och nyttjade aldrig snus. Som pojke hade han lärt av sin far att en stenhuggare bör hålla sig till skråtobaken. Snuset är svårt att skydda för stendammet och i silikatblandningen blir det krasst som smärgel i munnen.

Först när han nått fram till Eljaröd, det var i dagbräckningen, rastade han och andades ut. Han satte sig på en hög sten, spottade ut bussen och tog upp en tjock skiva rågbröd ur fickan och började äta. Träskorna lät han falla av, det svalkade de brännande fotsulorna. Han sträckte vristerna och ledade sina styvnade tår.

Han hängde över en avgrund och höll sig fast vid randen med bägge händer. Men fötterna var centnertunga och drog honom mot djupet med övermäktig kraft. Han kände ena handens fingrar somna och förlamningen sakta sprida sig till hela armen. Fingrarna rätades ut, greppet lossnade. Med andra handen höll han sig krampaktigt kvar men nu, nu orkade han inte längre – – –. Han släppte taget och spratt upp ur sömnen. Där kom en skjuts på vägen, den var redan alldeles inpå honom. Det var kyrkvärden i Eljaröd, såg han, men han körde inte åt det håll Lars skulle. Han besvarade naturligtvis Lars' hälsning när han åkte förbi men på ett sätt som tydligt visade att han inte kände igen honom. Likväl var det inte mer än två år sedan Lars huggit grindstolpar till Eljaröds kyrkogård och då hade han haft en hel del att göra med kyrkvärden. Det är väl skägget! tänkte Lars och strök sig om hakan. Eller kunde det vara armen? Den sista tanken stack upp av sig själv och fast han strax sköt den från sig höll den sig kvar i det undermedvetna som en krok med hullingar. Givetvis var det skägget som maskerade honom, avgjorde han bestämt. Skägget var rött av den färg man kallar röd när det gäller hår och skägg; gyllenblont uppåt kinderna och ljust kopparskimrande i mustaschen men av en djupare, nästan rävröd nyans från hakan och nedåt. Han var ovetande om att hans ansikte, skägget frånsett, blivit tio år äldre sedan sommaren. Det hade magrat och blekts och de insjunkna ögonen mörknade under de framspringande valven. Kindknotorna var skarpa och näsan hade smalnat över ryggen vilket framhävde bredden över vingarna och de stora näsborrarna. Den tvärklippta, täta mustaschen förgrovade och nästan brutaliserade ansiktsuttrycket, munnen öppnade sig som en svart fälla i skägget.

Han blev rädd att stelna till alldeles om han vilade längre. Benen var tunga av blodstockning och det surrade och kröp i fötterna. Tårna hade nära nog förlorat känseln, han märkte det när han hasade ner från stenen och i träskorna. Med tänderna vred han av ett stycke tobaksfläta, lyfte så verktygssäcken över axeln och gick vidare.

Det led mot solnedgång då han äntligen kom till Eckarum, hemmabyn som han lämnat på våren. Tidigare på dagen hade det regnat där, vatten stod i hjulspåren och lervalkarna var mjuka. Men nu var vädret klart och luften hade en frisk svalka efter nederbörden. Gårdarnas askar och almar tecknade sitt nakna grenverk mot det gulröda ljuset från väster och kastade långa skuggor över blanka träden och gröna fält. Kvällssolen sved i ögonen på honom, det sista stycket väg genom byn hade han den rakt emot sig. Han var trött in i märgen. Träskorna ville fastna i den blöta leran. De segdrog varje fjät han tog och han lyfte fötterna som om han gått i mörker på en okänd stig. Hans rörelser var så döda och maktlösa att kråkorna inte iddes lyfta där han gick fram.

Han mötte fördrängen från prästgården som körde ett lass baska i skritt. Det var ett stort lass. Grenarna stod som ett snår från vagnen, släpade efter den och krattade vägen med ett rasslande och knastrande ljud. Lars såg upp mot drängen men var för trött och slö att ge sig tillkänna. Denne sade godkväll och körde förbi men kunde inte ta ögonen från honom. Plötsligt höll han in hästarna och ropade. Lars stannade men tog inte ett steg tillbaka. Den andre gick inte av lasset utan tvang hästarna att rygga några steg. Släpgrenarna kröktes och sprätte lera.

– Ja hade när inte känt igen dej, sade drängen. Du har skaffat dej förhänge!

Lars nickade tyst. Det var skägget som gjorde honom okännlig, det var han tillfreds med.

– Vi sporde ju du hade kommit i olycka, fortsatte drängen. De va likafullt väl de inte tog värre än de gjorde.

Det kunde man säga. Det var alltid en tröst att värre inte blivit värst och den trösten gällde tills man var ett huvud kortare. Lars nickade åter.

Drängen satt och lekte mellan hästarna med piskan. Lars klämde fingrarna om säckhalsen. Säcken hängde långt ner på baken på honom. Den var så tung att den ville dra handen över axeln. Flera minuter gick under tystnad innan de skildes åt.

Lars stannade nästa gång under den höga almen som

vaktade porten till nummer tolv Eckarum. Gården visade en nästan blind fasad mot vägen: en lång gråstenslänga med några smala, tegelfodrade gluggar. Det var *hans* gård, dvs. han var husman under nummer tolv. Han var vasallen som kom att uppvakta sin länsherre, Esbjörn Persson.

Han öppnade porten och gick in. Vinddraget susade i halmen som hängde från stänget och i nästa nu rasslade det till av kätting. Hunden gav skall, kastade sig fram och stramade kopplet så att det klack i länkarna. Men strax fick den väder av känt folk, ställde sig kapprak i kopplet och smågläfste inställsamt. Från logen kom det jämna dunkandet av slagor. Det var två man som tröskade, det hördes tydligt. Lars lade verktygssäcken intill väggen i portgången.

Esbjörn Persson kallades ut av hundskallet. Han var en femtioårs man med runt huvud och tunt, sandfärgat hår som dåligt täckte hjässan. De vita ögonbrynen hade skäl mitt i bågen där de toppade sig som små mustaschspetsar. Han hade ett gott, jämnt hull, var satt till växten och av knapp medellängd. Lars var nog halva huvudet högre.

Ett ögonblick blev Esbjörn stående på trappan och gick sedan mot porten. Han hade på sig sina lätta, sandskurade träskor med mässingsgjordarna och rörde sig sävligt och litet skrevande över den ojämna stenläggningen. Lars rörde vid brättet på sin blekta, svettfläckade slokhatt och de skakade hand.

– Välkommen hem! önskade Esbjörn.

Därpå körde han händerna djupt i byxfickorna, det var som om han sjönk ihop med överkroppen för att kunna nå botten i dem. Hans stadiga, gråblå ögon överfor Lars och stannade lugnt och utan närgångenhet vid vänstra axeln. Han återtog:

– Du har faret illa me dej, ser ja. Ja, vi har ju hört de också, för länge sen va de beträffar. De va ju ändå en tur i olyckan att de tog som de tog. Du kunde ha vatt ödelagd rent. De kunde ju ha vatt den högre!

Det var samma tröst som fördrängen hade gett men Lars kände den sträva värmen och franka hjärtligheten under de sakliga orden.

– Tack! svarade han enkelt. Ja e inte den som klagar.

– Ja, tiden har gått, anmärkte Esbjörn. Vi tröskar som du hör.

De gick till logen ett slag, det föll sig naturligt. Därinne virvlade agnar och halmstoft i dagern från portöppningen. Två tröskemän tröskade mot varandra. Loggolvet bakom dem låg i ett purprat dunkel, en aning av solnedgångens ljus trängde ditin genom en halvt igensatt glugg mot väster. De svängde plejlarna med regelbundna, lugnt rytmiska rörelser. Taktfast dånade slagen mot lergolvet. Rågaxen knastrade under slängarna och ålskinnen gnisslade och gnydde mot varandra som korpar som näbbas om kvällen. När de fick syn på Lars vilade tröskemännen sina plejlar och kom fram och hälsade. Värmen och den goda meningen låg i deras handslag och inte i de få ord de yttrade.

– Kom du nu? sade den ene. Vi har väntat dej hem en lång tid nu.

– De börjar o bli sent! påminde den andre.

Så gick de åter till arbete, på nytt dunkade plejlarna i lergolvet.

Här, på logen, hade Lars gjort många av sina dagsverken med plejeln och tanken att han aldrig skulle kunna tröska mera var mörk och skrämmande. I hans trötthet stod tröskningen plötsligt för honom som det enda rejäla försörjningsmedlet. Det var arbetet som gav bröd, bokstavligt talat, för handens verk. Det gav tröskemannen hans skäppa för var tröskad tunna. Var säden välbärgad och torr kunde en god tröskare tröska sina två tunnor om dagen. Och var tröskemansskäppan krympt och inte större än kappen så var det till gengäld rågad kappe. Men plejeln krävde två armar, det gavs ingen prutmån på det.

Esbjörn tänkte på grödan och brödet han också fast just nu mera på skörd än på tröskning.

– De blir väl nätt du kan dra en lie efter detta, förmodade han med en värderingmans blick på sin husman.

Hur drog man en lie? Lars samlade med möda sina trötta tankar kring detta problem – – –. En knagge i knävecket och en om andra hasen och strykspånen i höger hand. Det gick bra! Men det fordrades en hand på nacken på lien också, annars fick eggen ingen stadga mot spånen. Så det var ogörligt att dra en lie med en hand.

– De får ja allt låta bli, medgav han entonigt.

– Nä, låt oss inte bli ståendes här! ryckte Esbjörn till i detsamma. Kom inom dörren! Du kan behöva o få lit te livs, tänker ja. Du har väl travellerat hela dan?

Att travellera betydde visserligen att resa men att resa till fots.

– Ja, ja gick ve fyratiden i morse, bekräftade Lars och tillade förtydligande: ifrån Havborre vill säja.

Mor Esbjörn Pers kom dem till mötes ute på gården, en beskäftig och livlig liten människa med tjocka kinder och bruna pärlögon. Att Lars skulle komma hem på det viset! Vem hade kunnat tänka sig! Hon hade många ord för honom och strök med deltagande ömhet över hans tomma rockärm. Men först och sist var hon mån om att få honom in och till bords ty en blick hade sagt henne att han var stupfärdig av trötthet. Lars satte träskorna på trappan.

Drickakruset stod på bordet. Esbjörn sköt det till Lars, som blåste undan några flugor som sam i ölet, och drack i djupa klunkar. Sedan strök han vätan ur skägget med rockärmen och ville sätta sig på stolen vid dörren men Esbjörn nödgade honom till bords i fönsterbänken. Själv satte sig Esbjörn mitt emot honom och lade armarna på bordet. En liten stund såg han stint på husmannen och så kom det:

– Du stämde bloden me tobak efter va vi har sport!

Lars såg tillbaka med slö förvåning och hade inget svar att komma med. Då slog Esbjörn genast bort frågan:

– Ja, ja! Låt oss inte forska i sådant!

Nu kom hustrun från köket och i rappet hade man mat på bordet: en kruka gåsfett, ett svart rågbröd, spickefläsk, kumminost och ett rökt gåsbröst. Esbjörn tog fram brännvinsflaskan ur hörnskåpet och två glas som han skänkte fulla med detsamma. Men Lars bad att få äta en bit först efter han inte tordes supa brännvin fastande. Esbjörn skar då några tjocka runtomskivor av kavringen och Lars öppnade sin fällkniv med tänderna. Han hade slukat fägnaden med ögonen men fann snart att deras begär var större än gommens förmåga och att tuggorna växte i munnen. Han svalde med ansträngning och först sedan Esbjörn trugat i honom en sup gick det bättre. Trots lytet visste han hålla gott bordskick och skar ledigt sitt sovel mot tummen.

Mor Esbjörn Pers fyllde på drickakruset och satte sig sedan på lut på bordskanten. Hon såg till att Lars fick till bästa, vred på flottkrukan, rensade osten från vankant och makade gåsköttet tillrätta åt honom. Dessemellan for hennes kvicka ögon mellan honom och mannen medan fingrarna mätte förklädsfållen.

Bäst det var hördes larm från köket, det var Esbjörns tre pojkar som slängde av sig träskorna. De hade just fått veta av tröskemännen att Lars kommit och stormade nu i kapp in i stugan men stannade försagda när de fick se honom.

– Ska ni inte hälsa som folk? undrade Esbjörn.

Den äldste, en elvaåring, skruvade sig då småningom fram och tog Lars i hand. Han visste ju att det var Lars som satt där och ända var det inte Lars. Det var ett främmande huvud han hade framför sig mot fönstret, mot dagens sista, uppflammande klarhet före skymningen. Ett onaturligt stort och mörkt vildmanshuvud vars kindskägg glimmade till som glödande blår när en solreflex sköt genom rutan.

– Känns du inte ve mej? frågade Lars.

Då han hörde rösten klarnade pojken upp i ett igenkännande leende. Ännu litet generad lutade han sig mot hörnskåpet med händerna på ryggen. Mellanpojken följde dröjande efter storebror men den minste som bara var fem år gammal hakade sig fast vid köksdörren och måste ledas fram av modern. Han hade hennes rörliga, bruna ögon men nu höll han dem envist sänkta mot golvet. Först när Lars böjde sig över honom och slöt hans lilla hand i sin väldiga näve vågade han en skygg blick upp över skägget och möttes av den goda glimten i ögon som han inte tog miste på. Han skrattade ett halvt förläget skratt och blev stående vid Lars' knä. Snart blev han så djärv att han började känna och plocka på den tomma rockärmen. Esbjörn tyckte till slut att han var opassande närgången och drog honom litet åt sidan.

Lars tryckte ihop fällkniven mot bänken. Han hade då

ätit en rundlig tid och småningom gjort gott skäl för sig vid bordet.

– Du har magrat, anmärkte Esbjörn. Hur va de me kosthållet där borte?

Han syftade på lasarettet i Simrishamn.

Lars spratt till för frågan såsom väckt ur en slummer. Mat och dryck hade dragit blodet från huvudet och försänkt honom i en däst slöhet som närmast liknade ett rus. Esbjörn måste upprepa sitt spörsmål. Och när nu ett ämne var givet hakade Lars sig fast i det med den berusades istadighet och höll krampaktigt tråden kvar för att inte hamna i tomma intet. Han började tala med forcerad livlighet.

Det fanns ingenting att klaga på kosten på lasarettet, ansåg han, om inte att portionerna ibland var litet smått tilltagna. Men tre mål om dagen bör ju räcka för den som ligger på sin rygg. Och det hade de flesta gjort. Där hade till och med funnits de som inte kunnat ta till sig födan. Sköterskan hade matat dem som man matar småbarn.

– Ja, sade Esbjörn, du har fått se mycke elände.

Hustrun föll in efter honom och sökte försiktigt rycka Lars på några detaljer från olyckan i Havborre. Det var förgäves.

– Va nu i all synnerhet maten beträffar, tog han i på nytt, så va där en man på låsarettet som de såg konstigt ut me. De va förresten en yngre man, inte stort mer än tretti år vill ja tro. En annan begriper ju inte mycke, men de va precis som de hade svält ihjäl honom. Han tog också sin död å de te sist. De va inte de att han inte fick mat. Nä, för ingen del! De får man inte säj om man vill va rättvis. Men de lät honom varken smaka brö eller pantofflor på hela tiden. O de e ju ändå de som e själva födan!

Kött hade han fått och fläsk så mycket han kunnat stoppa i sig. Men han hade blivit så led och ked på det myckna fläsket att han inte tålde se det för sina ögon.

– Han kunde inte få för sej o spisa fläsk för allri de te sist. Inte om man så doppa de i smör!

Mannen hade legat i sängen intill Lars' säng och Lars hade av sina portioner sparat bröd och potatis till honom. Om nätterna, när ingen sköterska såg det, hade mannen glupskt satt det i sig. Där var flera än Lars som tyckt synd om mannen och hjälpt honom med sina sparsamma resurser. Men tydligen hade det varit för sent! Mannen hade som sagt dött.

Esbjörn skakade allvarligt på huvudet och yttrade:

– Där e många som får sin död på låsarettet. Du kan va glad du kom därifrån me livet i behåll!

Dagen var slut, skymningen hade tätnat allt mera. Snart skulle det vara natt och mörkt. Månen var inte uppe eller ock var den i moln.

Lars hade slutat att tala och tystnaden föll över det skumma rummet. Orörlig, utan tankar blev han sittande i bänken. Barnen höll sig moltysta och såg oavvänt på honom. Deras stora ögon blänkte i dunklet.

– De e kanske på tid du får komma ikull nu, sade Esbjörn till slut.

De plötsliga orden spräckte tystnaden som klämtslag från en klocka. Lars reste sig stelt från bänken. Jo, det var nog tid. Och nu skulle han hem till sitt! Esbjörn menade att han fick det bättre hos dem över natten. Och mor Esbjörn Pers som redan sörjt för att det bäddats åt honom ville enträget hålla honom kvar. Så trött som han var och det ena med det andra, sökte hon övertala, var det bäst för honom att komma hem vid dager. Till ett oeldat hus till på köpet! Men Lars hade med ens fått brått att komma åstad, det var som om han haft gröt på elden där hemma. Hon gjorde då hastigt i ordning ett knyte mat till honom och var slutligen omtänksam nog att stoppa en kardus tändstickor i hans högra rockficka.

– Du har dina pantofflor i stack, sade Esbjörn till avsked. O de kan hända du hitter lit torv också!

Lars fick fram ett ord till tack. Han hade således förråd i huset, det var ett gott stöd till en början. Husbonden hade sörjt för honom medan han var borta. En ensam husman var dock inte alldeles ensam! Han hörde till gården och familjen fast han bara tog arbete i arv.

Esbjörn tillade vänligt gäckande, när Lars redan stod på trappan:

– Du skulle kanske ha nycklen me dej? För en säkerhets skull!

Det var sant! Lars hade så när glömt nyckeln till sin egen dörr som han lämnat i förvar hos Esbjörn innan han gav sig iväg till hamnbygget.

De två äldsta pojkarna följde Lars ut och hjälpte honom det första stycket väg med verktygssäcken medan Esbjörn och hans hustru stod kvar i den öppna dörren. När de hört porten falla igen sade Esbjörn:

– De ger sej hur Lars Tobak ska reda sej nu.

– Känner ja honom rätt, svarade hustrun, så klarar han sej snart enspännare lika bra som de gick me par förut.

– Ja, måntro de! nickade mannen.

När fördrängen i prästgården den kvällen avlade sin vanliga dagsrapport för prästen gick han en smula utöver det rutinmässiga programmet.

– Lars Tobak har kommet te bys! upplyste han nämligen

och tillfogade filosofiskt: Ja! Nu har han inte mer än en arm.

Kyrkoherden som redan stuckit servetten under hakan för att sätta sig till bords svarade med salvelse:

– Herren gav och Herren tog, välsignat vare hans namn! Och där Herren tager, där giver han ock. Den som framhärdar i bön och försakelse, för honom finner han underligen utvägar. Väldig är bönens makt och starkare än mänsklig vilja.

– Amen! avslutade drängen andäktigt.

Men kyrkoherden lade samman sina händer och bad Gud välsigna den feta kvällsvarden. Den fromme mannen besinnade knappast att Lars inte längre hade två händer att knäppa till bön.

Lars Tobak hade fördrängen sagt och detsamma hade Esbjörn kallat honom. Stenhuggaren och husmannen under nummer tolv Lars Andersson hette i Eckarum numera Lars Tobak och ingenting annat. Redan några dagar efter den olyckliga pålningen i Havborre hade en sillhandlare, sittande på trekvart på sitt lass av lådor, kommit till Eckarum med nyheten om olycksfallet och om den märkliga omständigheten med tobaken. Strax var man färdig med vedernamnet. Det gav sig själv desto lättare som Lars' svaghet för tuggbussen var känd av alla. Lars Tobak! Det var oförargligt såsom passade sig i olyckan och samtidigt var det händigt och föll lätt från läpparna. Namnet vann från början gehör och stadgade sig i folkets mun. Så kom det sig att Lars på samma gång han mist en arm som aldrig skulle vila i vigd jord fick ett namn som följde honom i graven.

# EFTERORD

I början av december 1965 angör *MS Tavastland* Limassol, Cypern. Ombord finns Fritiof Nilsson Piraten. Sin vana trogen håller han sig undan på bemärkelsedagar – den 4 december blir han 70. Men det finns ytterligare en anledning att fly landet. Drygt en månad tidigare har Bonniers släppt *Millionären och andra historier*, en samling noveller från hela hans "karriär", från tidigt 30-tal fram till början av 60-talet.

Piraten var skeptisk. Efter *Bombi Bitt och Nick Carter* (1946) hade hans utgivning endast bestått av just samlingsvolymer, noveller som förlaget funnit i olika tidningar, tidskrifter och helgpublikationer. Att ge ut ännu ett verk med det som Piraten ansåg vara "skåpmat", skulle än mer stadfästa hans misslyckande med att skriva en "ny" bok. Dessutom hyste han farhågor: vad skulle kritikerna tycka och hur skulle läsarna/köparna reagera?

Men Piraten hade inte behövt oroa sig. *Millionären* bestod visserligen av tidigare publicerade historier, men flera av de noveller som hamnade i samlingen tillhör hans yppersta, något som den läsande allmänheten snart upptäckte. Den andra december anlände ett telegram från förläggare Åke Runnquist till *MS Tavastland*: "Gratulerar på 70-årsdagen och till 36 000 Millionärer". När Piraten nådde Famagusta några dagar senare svarade han Runnquist: "Din och Dina medarbetares optimism segrade, min pessimism kom på skam."

När julrushen lagt sig hade *Millionären* sålt i en upplaga av 76 000 exemplar, den näst mest sålda boken i Sverige 1965, slagen endast med tusen böcker av en annan humorist: Tage Danielsson och hans *Postilla.* En del av försäljningssuccén kan förklaras med god marknadsföring. I samband med att boken kom ut i oktober intervjuades Piraten i Aktuellt, i Sveriges enda TV-kanal, genomslaget torde ha varit enormt. Den i grunden muntlige berättaren drog då en kort version av historien om Jacobson, en episod ur novellen "Dichtung und Wahrheit", vilken ingick i samlingen. Vidare publicerade *Expressen* vid samma tid "Jon Esping emeritus", en historia som kan betraktas som en epilog till romanen *Bock i örtagård* (1933) – också denna finns med i *Millionären.*

Medias intresse bottnade naturligtvis i att det rörde sig om en folkkär författare, en folkhemmets egen berättare. Denna position hade Piraten nått dels via sina böcker, dels via etermedia, framför allt radion på 1950-talet, då han förekom flitigt i Radiotjänsts tablåer. Två av bidragen i *Millionären* har också sin upprinnelse i historier Piraten berättade i radio: "Bankkalas" (under rubriken "Nachspiel" 1956) och titelnovellen, som radierades första gången 1959, då Piraten utan manus berättade den sedelärande historien om gulaschbaronen Oscar G. Jönsson.

Båda dessa historier hamnade senare i antologin *Vers på växel* (1964), den bok som gavs ut i samband med Skandinaviska bankens hundraårsjubileum. Piraten stod för urvalet, ett antal texter ur världslitteraturen med pekunjära teman. Banken visste vad den gjorde, Piraten hade tidigare med framgång givit ut två liknande antologier: *Skepparhistorier av mig själv och andra* (1952) och *Prästhistorier av mig själv och andra* (1961).

I *Prästhistorier* bidrog Piraten själv med två historier. Dels ”Ett prästbetyg”, som också finns med i *Millionären*. Det är historien som utgörs av ett brev från major Ehrenfinck till domkapitlet, angående prästmannen Emil Perennius, som ”uppträtt högst skandalöst på husarernas officersmäss”. Dels novellen ”Tre tallrikar”, om den kloke och matglade prosten i Södra Harpie, en gestalt som även dyker upp i *Millionären* i novellen ”Prosten och Friherrinnan”.

Piraten ”återanvände” således inte enbart sina berättelser, flera av hans figurer figurerar i flera olika historier; rekordet torde has av hembiträdet gamla Boel, som återfinns i sju av Piratens texter. I *Millionären* återser man, som sagt, Esping och prosten i Södra Harpie, men läsaren bjuds även in att sitta med när bokhandlare Jakob med vänner sammanträder på gästgivargården i Grimsby. Det sker i ”Från Badarnas klubb”, en novell från 1939 (ursprungligen i *Dopparedagen*), troligen en episod som blev över när Piraten skrev romanen *Bokhandlaren som slutade bada* (1937). I novellen är det mest korpral Krakow som orerar och kanske var det just därför som den inte passade in i romanhandlingen.

Bland Piratens efterlämnade papper finns skelettet till en roman kallad ”Le Manchout”, den enarmade. Det stammar från början av 40-talet och handlar om stenhuggaren Lars Tobak som under ett arbete i hamnen blir av med ena armen. Piraten gjorde klart de två första kapitlen men lade sedan arbetet åt sidan för att färdigställa Lundaromanen *Tre terminer* (1943). Ekonomisk som han var publicerade han dessa två kapitel under rubriken ”En roman börjar” i *Dopparedagen* (1942).

Piraten nystade aldrig vidare i Lars Tobaks öde trots

att handlingstrådarna fanns där, på närmare 150 handskrivna lappar. Och även om *Millionären* är en fullödig samling Piratenhistorier, kan man inte låta bli att fundera över det som aldrig blev – gömt bland lapparna ruvar det som hade blivit Piratens mörkaste historia, ett hämnddrama som driver Lars Tobak till Amerika i jakten på förskingraren Tromann…

I *Millionären* fick "novellen" det talande namnet "En början – inget slut", förmodligen ett uttryck för den pessimism författaren kände – en skepticism som kom på skam när läsarna rusade till boklådorna, alltmedan Piraten bidade sin tid på Cypern.

*Magnus Öhrn*